보디랭귀지만 믿고 떠난 고행 800km

산티아고 가는 길

산티아고 가는 길

1판 1쇄	2007년 1월 20일
1판 2쇄	2007년 3월 20일

지은이	정민호
펴낸이	손형국
펴낸곳	(주)에세이
출판등록	2004. 12. 1(제395-2004-00099호)

주소	412-791 경기도 고양시 덕양구 화전동 200-1 한국항공대학교 중소벤처육성지원센터 409호
홈페이지	www.essay.co.kr
전화번호	(02)3159-9638~40
팩스	(02)3159-9637

ISBN 978-89-6023-099-6 03810

산티아고 가는 길

보디랭귀지만 믿고 떠난 고행 800km

정민호 에세이

2006년 겨울이 물러갈 즈음에, 걸어야 한다고 생각한다. 그냥 걷는 것이 아니라 하루 종일, 몇날 며칠을 걸어야 한다고 생각했다. 그때 나에게는 고민거리가 몇 개 있었는데, 이것은 걸으면서 풀어야 할 것들이었다. 방 안에 앉아서는 머리만 아플 뿐이었다.

처음에는 국토종단을 생각했다. 한반도 남쪽 땅을 걸으면 충분할지 모르겠다고 생각했다. 하지만 나는 그렇게 끈기 있는 놈이 아니라는 것을 잘 알고 있었다. 집에 일이 있으니까, 친구를 만나야 하니까, 힘이 드니까 따위의 자기변명으로 중간에 멈추고 집으로 도망쳐올 것임을. 그때 나는 그렇게 스스로를 한심하게 여기고 있었다.

스페인의 산티아고를 떠올린 것은 우연이었다. 그곳으로 떠나는 것도 마찬가지였다. 내게 그런 여행이 가당키나 한 것인가 하는 생각도 많았다. 언어도 통하지 않는 곳에서 한심함으로 가득한 내가 그곳을 걸을 수 있을지 막막했다. 그랬다. 헤어질 때 나누는 인사말, "부엔 카미노!" 라는 말 하나만 달랑 아는 내가 스페인의 그곳을 간다는 것은 코미디 같은 일이었다. 그런데 정말 가고 말았다. 그것이 9월과 10월의 일이다.

누군가는 그곳을 가면 삶이 변할 것이라고 말하기도 했다. 나에게도 그랬을까? 다녀 온지 몇 달 지나지도 않은 지금 그런 말을 한다는 것은 웃긴 일이다. 하지만 이것만은 말할 수 있겠다. 나는 지금 무섭지가 않다. 무엇을 해도 속으로 '혼자 산티아고도 갔다 왔는데!' 라고 중얼거리면 다 됐다. 어떤 일이든지 말이다.

나는 지금 걱정거리가 없다. 무엇을 해도 즐겁다. 예전에는 별의별 것들 때문에 시간이 부족해서 우왕좌왕할 때가 많았다. 더군다나 나는 내가 해야 할 일들이 대단한 것이어야 한다고 믿었기에 힘이 부치는 일을 스스로 만들기도 했다. 하지만 지금은 그런 일이 없다. 산티아고 가는 길에서 누군가에게 도움이 된다는 것이, 내가 만족한다는 것이 무엇인지를 가늠할 수 있었기 때문이다. 그래서 요즘 난 "너 정말 행복한가봐." 란 말을 자주 듣는다.

이 글들은 내 소중한 기억을 담은 책이다. 이 기억이 다른 사람들에게 어떤 영향을 줄 수 있을지 모르겠다. 또한 '산티아고 가는 길'에 오르고 싶은 사람들에게 얼마나 도움이 될 지도 장담하기 어렵다. 그럼에도 바라는 것이 있다면, 그 길에 오르는 것이 행복하다는 생각을 갖고 언젠가 그곳으로 떠났으면 하는 것이다.

그러기 위해서는? 술 먹을 돈, 담배 살 돈 아껴서 매달 10만원씩 20개월 적금을 들면 된다. 적은 금액은 아니지만, 이 정도 돈으로 이런 행복을 찾을 수 있는 것도 없다. '행복펀드' 만드는 셈 치고 생각해보시기를!

아, 돈만 있어서는 안 된다고 생각할지도 모르겠다. 시간도 필요하고 영어도 해야 할 것 같고… 맞는 말이다. 하지만, 그런 것 다 따지면 못 간다. 산티아고든 어디든. 떠나시기를! 돌아와서 더 잘 살기 위해서, 과감하게 걷어차시기를! 내 앞에 보이는 여행 가방을 보면서 당신의 용기를 격려하고 싶다. 진정으로.

보디랭귀지만 믿고 떠난 고행 800km
산티아고 가는 길
차례
정민호 에세이

차례

서문

1. 9월 7-8일: 보디랭귀지 믿고 떠나다 …………………10

2. 9월 9일: 피레네 산맥에서 꾸벅꾸벅 졸다 …………………20

3. 9월 10일: 산티아고 가는 길은 안전하다 …………………30

4. 9월 11일: 어메이징 인터내셔널 드림팀을 만들다 …………………41

5. 9월 12일: 이건 '노 쁘라쁠럼' 이 아니잖아요! …………………50

6. 9월 13일: 유럽에서 서리를 하다! …………………58

7. 9월 14일: 유럽의 포도밭이 다 우리 것이야! …………………66

8. 9월 15일: 유난히 눈이 아팠던 산티아고 가는 길 …………………74

9. 9월 16일: 스페인의 축제를 온몸으로 경험하다 …………………81

10. 9월 17일: 돈 털어가는 집시? 사실은 천사가 아니었을까? …………………88

11. 9월 18-19일: 스페인에서 공포체험을 하다! …………………96

차례

12. 9월 20일: '러브 송'을 들려달라고? ·····105

13. 9월 21일: 역시! 혼자는 쉽지 않다 ·····114

14. 9월 22일: '냠냠' 해도 돼요? ·····123

15. 9월 23일: 아는 것은 오직 하나, 이 길 참 좋네! ·····131

16. 9월 24일: 술 취한 도둑이 나타났다! ·····139

17. 9월 25일: 도대체 여기는 어디야? ·····147

18. 9월 26일: 무뚝뚝한 할아버지와 얼싸안다! ·····153

19. 9월 27일: 먹을 것 때문에 외로움을 느낄 줄이야! ·····163

20. 9월 28일: 드디어, '아미고'의 뜻을 알게 되다 ·····169

21. 9월 29일: 이 길에서 나는 행복했다! ·····176

22. 9월 30일: 산티아고에서 최고의 상장을 받다! ·····184

1

9월 7-8일: 보디랭귀지 믿고 떠나다

9월 7일 이른 시각, 인천공항으로 가는 내내 가슴이 쿵쿵거려 안절부절 못했다. 그야말로 노심초사! 정말 내가 산티아고로 갈 수 있을까, 가서 무사히 지낼 수 있을까 하는 걱정들부터 비행기가 납치되면 어쩌지, 하는 어처구니없는 생각들까지 온갖 물음표들이 머릿속에서 똬리를 틀고 앉아 나를 괴롭혔다.

가장 큰 걱정거리는 언어였다. 언어 소통이 가능할까? 답은 불가능. 스스로 생각해도 이번 여행이 무모하다고 할 정도로 내 영어 수준은 심각하다. 읽는 것은 정규 교육 받은 이들의 평균 수준. 가장 중요한 회화의 경우 외국인과 3분 이상 대화해 본적이 없다. 하기야 3분이 무엇인가. 길을 물어보러 오기라도 하면 반사적으로 몸부터

피하고 보는 것이 바로 나다. 나에게 영어로 말하고 들으라는 것은 거의 공포에 가깝다.

불어도 약간 배웠다고 하지만 그것도 몇 년 전, 이제는 숫자 세는 것도 가물가물하다. 설사 할 줄 안다고 해도 무슨 소용인가? 가는 곳은 프랑스가 아니고 스페인이거늘…. 몇 개 적어 놓은 기초 스페인어도 무슨 소용이 있을까 싶었다. 그럼에도 난 비행기에 몸을 실었다. 어쨌든 간에, 떠난 것이다. 보디랭귀지 하나 믿고서.

내가 탄 비행기는 저렴한 것으로 유명하다. 다들 고생할 것이라고 했는데, 젊으니까 무슨 문제가 있을까 싶었다. 그런데, 역시 문제가 있었다. 홍콩에서만 2시간, 방콕에서만 8시간을 가만히 앉아 있어야 했다. 긴장감 속에 그렇게 있었기 때문일까. 본격적인 여행을 시작하기도 전에 완전히 지쳐버렸다. 방콕에서 파리까지 가는 11시간 동안 좁은 자리에 널브러져 잠만 잤다. 자고 눈을 떠보니 날짜가 하루 지나 있었다. 프랑스에 도착한 것이다.

◯ 믿을 건 오직 '인포메이션센터' 뿐

파리에 도착한 시각은 오전 7시. 공항에 내려서야 기막힌 사실을 깨달았다. 가방이 어째 가볍다 싶었는데 알고 보니 작은 가방을 집에 두고 온 것이다. 유레일패스나 디카 충전기는 물론이고 인터넷으로 알게 된 친구가 보내준 영문판 산티아고 가이드북도 방안에 두고

왔다는 뜻.

아뿔싸! 언어도 안 되는데 가이드북도 없다? 집으로 돌아가고 싶었지만 이미 물은 쏟아진 상황. 놀란 가슴 진정시키고 일단 인포메이션센터로 향했다. 그곳에서 나를 기다리는 건 흑인 아가씨. 뭐라고 말해야 할지 몰라서 웅얼거리자 웃으며 천천히 말해보라고 한다. 어라? 들린다 싶어서 자신 있게 "전철!"이라고 소리쳤다. 그러자 아가씨가 손짓하면서 터미널2로 가라고 알려준다.

공항을 나오자 버스들이 기다리고 있다. 사람들에게 확인하기를 몇 번, 마침내 터미널2로 가는 버스를 탔다. 초조한 마음으로 창밖을 보기를 10분, 마침내 터미널2에 버스가 도착했다. 내리자마자 외국인들이 우글거려 놀랐다. 외국에 왔다는 사실이 실감나는 순간이다. 그 순간, 뭘 어떻게 해야 할지 몰라서 이번에도 인포메이션센터로 갔고 그곳에서 도움을 받아 마침내 생장피드포르 역으로 가는 표를 구입했다. 산티아고 가는 길은 여러 코스가 있는데 역시 가장 무난한 것이 생장피드포르에서 출발하는 것이다. 그곳까지 가는데 드는 비용은 100유로 남짓.

먼 곳에서 온 동양인을 위해 직원이 적어준 메모들을 열심히 해석하며 전철을 기다리는데 눈앞에서 의외의 장면이 펼쳐진다. 전철을 기다리는 사람들이 담배를 피우는 것은 물론이고 꽁초를 아무 데나 막 버리는 것이다. 한국에서 저런다면? 당연히 벌금내야 할 일. 하지만 사람들 모두 태평하게 담배를 피운다. 이색적인 광경이다.

생장피드포르 역은 프랑스 남쪽에 있다. 몽파르나스 역에서 초고

몽파르나스 역

속열차(TGV)를 타고 바욘 역까지 간 뒤, 그곳에서 한 번 더 갈아타야 갈 수 있는 멀고 먼 곳이다. 그곳까지 언제 가나 싶은데 바로 앞에서 문제가 생겼다. 특이하게도 지하철을 갈아탈 때 전철 표를 한 번 더 넣어야 하는데 이 과정에서 표가 들어가지 않고 자꾸 "삐!" 거리는 것이다.

놀란 마음에 이번에도 인포메이션센터를 찾았다. 그곳의 할머니, 무슨 일이냐고 묻는데, 이번에도 웅얼웅얼. 결국에 "디스, 표, 풋, 레드, 삐이!"라는, 문법 무시한 파격적인 언어를 구사했다. 다행히 할머니가 알아들었는지 내 표를 이리저리 보더니 옆의 문을 열어준다. 덕분에 무사히 통과.

몽파르나스 역에 도착하자 사방에서 풍겨오는 고소한 냄새가 코를 자극한다. 모두 빵 냄새. 이 사람들 정말 빵 좋아하는구나, 하는 생각이 절로 들었다. 열차 시간에 맞춰 타는 곳을 찾는데 뭔가 좀 이상하다. 한국에서처럼 기차를 타기 전에 표를 보여줘야 한다고 생각했는데 아무리 찾아도 그런 곳이 없다. 놀란 마음에 이번에도 직원 붙잡고 표를 보여줬더니 그냥 타면 된 단다. 표 검사는 언제 하냐고 물었는데 불어로 "쏼라쏼라" 하기에 알아들은 척 하고 그냥 탔다.

TV에서 TGV가 빠르다는 이야기를 많이 들었지만 스피드가 그다지 놀랍지는 않다. 정작 놀라게 한 것은 통로에 있는 접이식 의자. 중간에 일어서야 한다는 불편이 있지만 자리가 없어도 편히 갈 수 있다. 모든 것이 신기한지라 도취되어 사방을 둘러보는데 역무원이 "무슈 와?" 하며 내 어깨를 툭툭 친다. 그제야 표를 보여 달라는 것이다.

바욘 역에 도착해서 또 한 번 깜짝 놀랐다. 역의 분위기가 자유롭기 때문. 걸어가며 키스하는 커플은 물론이고 술래잡기라도 하는지

바욘 역

철로를 넘나들며 뛰어노
는 사람도 많다. 대학가
축제 같은 자유로운 모
습! 정말 여기가 역이 맞
는지 의심스러울 지경이
다. 더 당황스러운 것은
생장피드포르 역으로 가

는 열차다. 조그만 장난감 열차 같은 것의 외모는 그야말로 낙서투
성이. 한국이었다면 위생상태 어쩌고 하는 뉴스부터 '국가적 망신'
이라는 기사가 나와도 몇 번은 나왔을 것 같다. 정말 외국에 왔구나.
다리가 점점 더 심하게 떨리고 있었다.

🔶 "너 영어 할 줄 알아?" 에 우물쭈물

장난감 열차를 타고 가기를 1시간, 도착한 생장피드포르 역은 아
담하고 예쁘다. 집이라고 해도 믿을 정도. 산티아고 가는 길에 있는
숙소(알베르게)를 이용하기 위해 필요한 순례자 여권부터 만들어야
한다는 걸 아는 터라 감상은 그만두고 급히 주위를 둘러봤다. 그런
데 인포메이션센터가 보이지 않아서 당황했다.

하지만 나처럼 배낭가방 멘 사람들이 두루 보이기에 무작정 그들
을 쫓았다. 예쁜 거리를 걸으며 내심 생각 외로 언어가 통하네, 하며

순례자 여권을 만드는 여행자들

뿌듯해 하는데 이런 나를 비웃기라도 하듯 등록하는 곳에서 문제가 생겼다. 그곳에서 여권을 만들어주던 할아버지가 "캔 유 스피크 잉글리쉬?" 라고 직접적으로 물어본 것이 계기.

내가 영어로 말할 수 있던가? 맞는 것 같기도 하고 아닌 것 같기도 하다. 중학교, 고등학교, 대학교까지 합하면 영어 공부한 지 10년이 넘고 그 사이에 외운 영어단어도 참 많지만, 문제는 그것들이 모두 암기였다는 것이다. 콩글리시라도 한다고 말할까 고민하면서 멀뚱멀뚱 할아버지를 보다가 겸손하게, 아니 솔직하게 고개를 가로젓자 이번에는 불어를 할 줄 아냐고 묻는다. 이번에도 절레절레. 더해서 "오직 한국어뿐!" 이라고 말했다.

그러자 난리가 났다. 할아버지 할머니들이 불어로 서로 "쏼라쏼라" 하는데 당황한 기색이 역력하다. 그러더니 이상한 종이를 내민

다. 그것은 첫날 코스라고 할 수 있는 론세스발예스 가는 길에 대한
안내문인데 놀랍게도 일본어다. 한국인이라고 말했는데 이걸 주다
니? 일본어를 밀어내고 영어로 된 걸 받은 뒤 다시 한 번 멀뚱멀뚱
그들을 쳐다봤다. 이유인즉 나는 이곳에서 알베르게를 지정해준다
고 들었는데 그들이 아무런 말도 안 해줬기 때문.

그들도 나를 멀뚱멀뚱 바라본다. 한동안 서로 침묵 상태로 응시
하다가 내가 참지 못하고 "알베르게!" 라고 외쳤다. 그러자 이번에
도 할아버지 할머니가 당황한 표정으로 서로 "쏼라쏼라" 한다. 그들
의 당황한 얼굴을 보니 괜히 폐를 끼치는 것 같아 스스로 구해보려
고 일어나는데 할머니가 내 어깨를 지그시 누른다. 그리곤 서로들
다시 "쏼라쏼라" 다. 뭘 어찌해야 하나 싶어 멍하니 있는데 할아버
지가 결심한 듯 내게 오더니 손을 얼굴 옆으로 모아 자는 자세를 취
한다. 그러면서 덧붙이기를, "유, 원트, 쿨쿨?"

왜 그리 그 장면이 재밌던지. 순간 참지 못하고 두 손으로 얼굴을
가리고 고개를 푹 숙인 뒤 소리를 죽이며 웃었다. 그런데 이게 오해
를 불러 일으켰나보다. 대놓고 웃지 못한 것인데 할머니가 내 어깨
를 토닥거리며 "오!" 한다. 우는 것으로 착각한 것 같아서 표정관
리를 하고 고개를 들었다. 그리곤 나도 할아버지처럼 결연한 얼굴로
말했다. "예스. 원트, 쿨쿨." 할아버지가 의기양양한 표정으로 따라
오라고 손짓한다. 배낭을 둘러메고 따라가니 목적지는 바로 옆 건
물. 이제 쉴 수 있겠구나 했는데 이럴 수가! 산 넘어 산이다. 이곳의
주인할머니는 처음부터 끝까지 오로지 불어만 할 줄 안다. 나보고

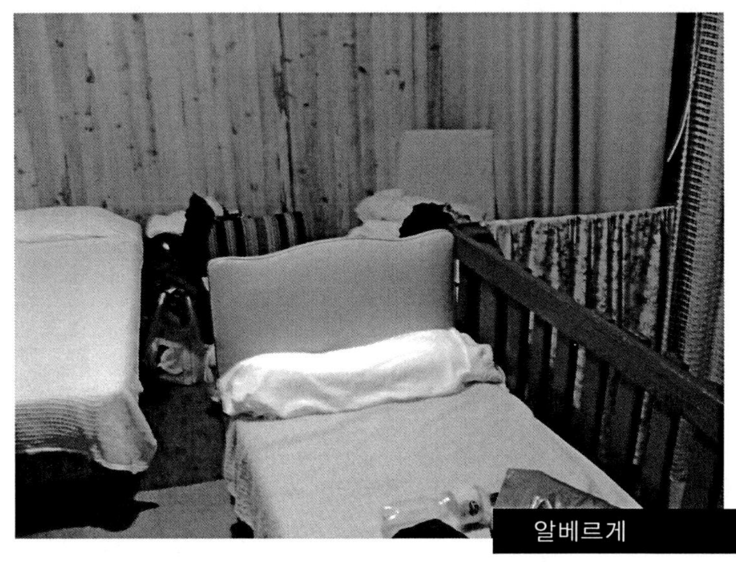

뭐라고 "쏼라쏼라" 하는데 도통 알아들을 수가 없다.

이때 옆에 있던 두 명의 외국인이 고맙게도 내게 영어 단어 몇 개와 손짓발짓으로 통역을 해주는데 내용인즉, 다른 사람들을 생각해서 조용히 하고 아침식사는 6시 반이며 신발은 어디에 두라는 그런 것이었다.

알려준 대로 했더니 잘 곳을 알려준다며 따라오라고 한다. 기쁜 마음에 따라갔는데 눈앞의 풍경에 "헉!" 소리가 튀어나왔다. 웬 덩치 큰 외국인 두 명이 문신을 자랑이라도 하듯 발가벗은 채로 나를 기다렸기 때문. 그들, 나를 힐끔 보더니 "하이!" 한다. 나도 간신히 "하이…" 하고는 배정받은 침대에 가방을 내려놓았다. 그리고는 도망치듯 방을 나왔다.

알베르게가 작아서 그런지 샤워 실은 1인용, 당연히 줄을 서서 기다려야 한다. 순서를 기다리며 멀거니 서 있는데 멀리서 외국인들이 왁자지껄 떠드는 소리가 들린다. 저들은 무슨 말을 나누는 걸까? 순례의 길에 대한 이야기일까? 아니면 인사?

샤워를 한 뒤에 용기를 내서 밖으로 나가봤다. 외국어들이 사방에서 쏟아진다. 어렵구나, 어려워. 슈퍼에 들어갔다가 쩔쩔 매고 나오니 식은땀이 다 흐른다. 마을을 돌아볼 생각도 못하고 알베르게로 돌아와 버렸다. 조마조마한 심정으로.

자리에 누워 옆 침대에 있는 외국인들을 힐끔힐끔 쳐다보는데 웬 근육질 아가씨가 나타난다. 이번에도 다들 "하이!" 타령. 이들 모두 순례자인가 싶은데 갑자기 아가씨가 침낭을 펼치더니 내 앞에서 옷을 다 벗는다. 갑자기 속옷 차림이 된 아가씨, 나를 향해 윙크하더니 침낭 속으로 쏙 들어간다.

이 낯선 광경과 하루 동안 겪은 일들을 떠올리며 자문자답을 했다. "내가 정말 온 것인가? 온 것이다. 왜 온 건가? 온 것이다. 물건을 잃어버리면 어쩌지? 온 것이다."라는 것만 혼자서 중얼중얼. 그 사이 불이 꺼졌다. 하나둘씩 잠이 들었는지 고른 숨소리가 들려온다. 산티아고를 향한 무모한 여행이 본격적으로 시작된 것이다.

2

9월 9일: 피레네 산맥에서 꾸벅꾸벅 졸다

외국인들 사이에서 잔다는 긴장감 때문인지 나답지 않게 일찍 일어났다. 그때 시간은 아침 6시 10분 전. 갈증을 느껴 정수기를 찾아다니다가 부엌에서 주인할머니를 만났다. 전날 슈퍼에서 샀던 작은 물통을 내밀며 물 좀 달라고 했는데 의자에 앉으라고 손짓한다. 주인할머니가 냄비 두 개를 가리키며 프랑스어로 "쌀라쌀라" 하는데 당연히 해석불가. 그저 이른 아침 호숫가의 종달새가 지저귀는 것 같다는 인상만 받았다.

그래서 대충 아무거나 하나 골랐는데 커피였다. 그런데 이게 웬일? 커피가 웬 대접에 담겨온다. 넉넉한 인심에 할 말을 잃었다. 그 와중에 텔레비전은 프랑스어로 떠들고 식탁 위에서는 바게트와 잼,

그리고 버터가 나를 보며 생긋 웃는다. 꿈이 아닐까, 하는 생각을 하며 멍하니 있는데 주인할머니가 내게 칼과 나이프를 준다. 받기는 받았는데 왜 이렇게 낯간지러운지. 잼 바르는 데 숟가락만 이용하던 나로서는 내 손에 든 것들이 생소하기만 하다.

이런 내 행동을 오해했는지 주인할머니가 먹는 시범을 보여준다. 그러면서도 나를 향해 "오케이?" 한다. 내 입에서 나오는 건 무조건 "오케이!"다. 나름 알아들었다는 표시를 하려고 할머니 흉내를 해며 먹어 봤지만 역시 어색한지라 금방 일어났다. 빵까지 먹고 나니 갈증이 더 심해지는지라 다급하게 물을 찾아다니다가 전날 내게 도움을 줬던 두 명의 외국인을 다시 만났다. 그녀들의 이름은 포와 브라우어닝. 모녀라고 한다. 영국인인가 했는데 남아프리카공화국에서 왔단다.

그녀들도 나와 함께 물을 찾는데 물 뜰 장소가 보이지 않는다. 그때 자전거 끌고 나타난 독일인 할아버지가 화장실로 가란다. 우리 세 명 당황해서 서로 멀뚱멀뚱 보는데 할아버지가 괜찮다고 한다. 설마 먹고 죽기야 할까, 하는 마음으로 화장실에서 물을 뜬 뒤 배낭을 둘러메고 주인할머니에게 작별인사를 했다. 이때만큼은 한국어로 "감사합니다!" 하며 고개를 꾸벅 숙여 인사했다. 그랬더니 할머니, 나를 향해 합장한다. 당황했지만 그냥 웃고 말았다.

🌸 일본인이 내게 장금이를 묻다

오늘의 목적지는 론세스발예스. 나폴레옹 코스라고 불리는 이 길은 험한 걸로 유명한지라 많은 이들이 택시를 타고 간다고 한다. 피레네 산맥을 넘어야 하기 때문이다. 그 소리를 들었던 나는 "4시간 만에 넘어주겠다!"는 다짐을 하고 거리로 나섰다. 그렇다. 한국인의 당당한 모습을 보여주고 싶었다.

시간이 오전 7시인데도 주위가 캄캄하다는 것에 놀라고 또한 영화에서만 보던 유럽의 거리를 직접 걷는다는 것에 놀라며 발에 힘을 주는데 저 앞에서 동양인이 아시아식 영어로 내게 "나올 때 스탬프를 찍었느냐?"고 물어왔다. 스탬프를 찍었냐는 말은 일종의 '기념식'을 의미한다. 산티아고 가는 길의 알베르게나 바(Bar)에서 순례자 여권에 도장을 찍어주는데 순례자들은 그것을 기념품으로 간직하고자 한다.

나는 시큰둥하게 안 찍었다고 말했다. 시큰둥했던 것은 그가 왠지 일본인 같았기 때문. 역시! 내 말에 그는 일본어로 중얼거렸다. 나는 속으로 '다케시마 타령만 해봐! 너 죽고 나 죽는 거다!' 하고 걷는데 그가 나를 따라온다. 저 인간이 왜 따라오나 궁금해 하다가 웃고 말았다. 화살표나 상징물을 보고 걷다보니 그런 것이었다.

산티아고 가는 길에는 각종 표시가 있어 길을 알려준다. 당연히

산티아고 가는 길에는 안내 표시가 있다

길 잃을 염려가 없다. 때문에 가이드북이 없던 나도 낙담하지 않고 알베르게 있는 도시가 체크된 종이 한 장 달랑 갖고 움직일 수 있던 것이다.

한참을 가는데 일본인이 말을 건다. 막연한 적개심을 갖고 있던 나는 긴장하며 들었는데 질문인즉 "장금이 알아?" 였다. 웬 장금이? 이 친구, 알고 보니 한국 방송을 아주 좋아한단다. 한류의 영향을 먼 곳에서 확인한 셈. 장금이를 계기로 우리는 이름을 교환했다. 이 친구의 이름은 스요시. 요시든 스요시든 편하게 부르란다. 이때부터 우리는 서로 알고 있는 상대 나라에 대한 단편적인 지식을 아주 기초적인 영어수준으로 나누며 함께 걸었다. 물론 서로 쉬는 곳도 다르고 속도도 다르다 보니 앞서거니 뒤서거니 하다가 금방 헤어지게 됐지만 처음으로 동행한 것이다.

순례자들

◎ 길은 아름답다. 하지만!

한참 길을 걷다가 주위를 둘러보면 깜짝 놀라게 된다. 엽서에나 나올 법한 풍경들이 동서남북으로 뻗쳐있다. 감탄에 감탄을 거듭하며 걸었다. 그러기를 4시

알베르게 안내판

간. 뭔가 좀 이상하다는 느낌이 들었다. 발바닥은 후끈거리고, 배는 고프고, 가방은 무겁고, 티셔츠는 땀에 젖어 촉감이 이상했다. 한마디로 지친 것이다. 게다가 작은 물통의 물은 금방 사라진 상태. 그때부터는 풍경이 눈에 들어오지도 않았다.

헉헉거리며 걷는데 저 앞에 사람들이 모여 있다. 물이 있나 싶어 갔는데 풍경이 잘 보이는 자리라서 모여 있다고 한다. 기가 막혔다. 빈 물통을 끌어안고 주저앉았더니 사람들이 물을 주려고 한다. 그들에게도 귀하다는 걸 아는지라 "노, 땡큐!"를 했는데 다들 자기가 갖은 물통이 서너 개는 되니 사양 말란다. 덕분에 귀한 도움을 받았다.

물은 해결됐지만 배고픔은 여전했다. 게다가 끝이 언제인지도 모르는 막막한 상황. 그때서야 순례자 여권 만들 때 안내문을 받았다는 걸 기억하고 급히 펼쳐봤다.

'론세스발예스 가는 길은 27km이며⋯ 1300m 짜리를 넘어야 하

고… 8시간이 걸리며… 아주 나쁜 날씨일 수도… 충분한 물을 확보하고… 가는 길에 슈퍼가 없고… 론세스발예스에도 슈퍼가 없고… 그러니 먹을 것은 생장피드포르에서 준비하고….'

꼬르륵! 마침 진동하던 뱃속의 알람소리에 "배고파."라고 중얼거리고 말았다. 그때 무슨 우연인지 갑자기 강풍이 불어왔다. 땀에 젖은 티셔츠가 추워지는 순간이었다. 억지로 다시 일어났는데 심상치가 않았다. 된통 걸렸다는 생각이 들었다. 하늘을 보다가 갈 길을 바라봤다. 막막하기만 했다.

아! 친구들과 "갈 길이 보이면 얼마나 좋을까?" 하는 소리를 주고받은 적이 많다. 하지만 이곳에서 그것이 짧은 생각이라는 걸 인정해야 했다. 여기서는 갈 길이 보인다. 보이기는 보이는데 문제는 까마득하다는 것. 보이는 것이 중요한 게 아니라 어떻게 가느냐가 중요하다는 걸 깨닫는 순간이었다.

힘겹게 걷는데 어느 순간부터 사람들 질문이 하나로 모아진다. 처음에는 "일본인이야?", "중국인이야?" 하던 그들, 이때부터는 다들 "오케이?" 로만 묻는다. 그야말로 '오케이 타령' 이다. 앞으로 걷는다고 걷는데 내 몸이 옆으로 왔다 갔다 하고 있으니 그런 것 같다. 10분 걷다 5분 쉬기를 몇 번, 쉬는 시간이 짧아서 이런 것 같다는 핑계를 대며 20분간 푹 쉬기로 하고 주저앉았다. 그랬다가 잠이 들어 버렸다. 믿을 수 없게도 피레네 산맥에서 꾸벅꾸벅 거린 것이다.

그렇게 얼마나 있었을까? 누군가 소리쳐서 눈을 떴다. 지나가던 순례자였다. 그 또한 나를 향해 "오케이?" 한다. 내가 졸았다는 사실을 깨닫는 순간, 등골이 오싹했다. 이러고 있다가는 죽겠구나 싶어 가방을 둘러메고 일어났다. 술 취한 것처럼 좌우로 움직이면서도 계속 걸었다. 어쨌거나 길은 가라고 있는 것이고, 나는 그 길을 가려고 먼 곳까지 왔으니까 입술 깨물고 걸었다.

◎ 포크와 나이프로 생선을 먹으라니!

론세스발예스에 도착한 시간은 오후 2시 반. 지나가면서 만났던 사람들이 보이는데 왜 그렇게 반갑던지! 서로 격려하고 칭찬하느라 정신이 없다. 스요시와도 마찬가지. 막연한 적개심의 자리에는 반가

알베르게 입장권을 받으려는 순례자들

알베르게 풍경

움만 가득하다.

이곳의 알베르게는 오후 4시에 문을 연다. 짐을 풀고 샤워를 하는데 이게 왜 그렇게 꿀맛이던지! 그런데 사람들이 자꾸만 "일본인이지?" 하고 묻는다. 그래서 집에서도 안 입던 붉은 악마 티로 갈아입어 봤지만 효과는 없다.

안내문에 나온 것처럼 이곳에는 정말 슈퍼가 없다. 그래서 레스토랑에서 저녁을 먹기로 했는데 특이하게도 순례자를 위한 메뉴가 있다. 가격은 8유로. 자리가 부족한지라 다들 합석했는데 나는 벨기에 부부와 프랑스인 세 명, 스요시와 합석하게 됐다. 이번에도 처음 날아오는 질문은 일본인이냐는 것. 한국인이라고 말했더니 프랑스 신사 모리스가 티셔츠를 유심히 본다. 그리곤 "뭘 '어게인' 해?"라고 묻는다. "축구!" 라고 했더니 묘한 웃음을 짓는다. 무슨 뜻이지?

식사가 나오는데 처음은 웬 꼬부라진 짧은 면발이다. 이게 뭐야, 싶은데 다들 잘도 먹는다. 포크로 하나 찍어먹었는데 무슨 맛인지 모르겠다. 옆에 있던 프랑스인 마이키에게 물었더니 파스타란다. 밀어내고 싶지만 배가 고파서 다 먹어치웠다. 곧바로 정식 요리가 나온다. 쟁반에 담긴 것은 삶은 감자와 생선 두 마리. 다들 먹기 바쁜데 나는 멀뚱멀뚱 바라보기만 했다. 밥 없이 생선 먹는 것도 처음이거니와 포크와 나이프로 생선을 먹어야 한다는 것도 당황스러웠다.

하지만 그보다 더욱 당황스러웠던 것은 이 사람들은 쟁반에 남은 기름들을 바게트로 싹싹 발라먹는다는 것. 윽! 소리가 절로 나왔다. 저게 맛있을까 싶은데 다들 냠냠 잘도 먹는다. 이 사람들 정말 특이하구나, 하는 생각만 든다.

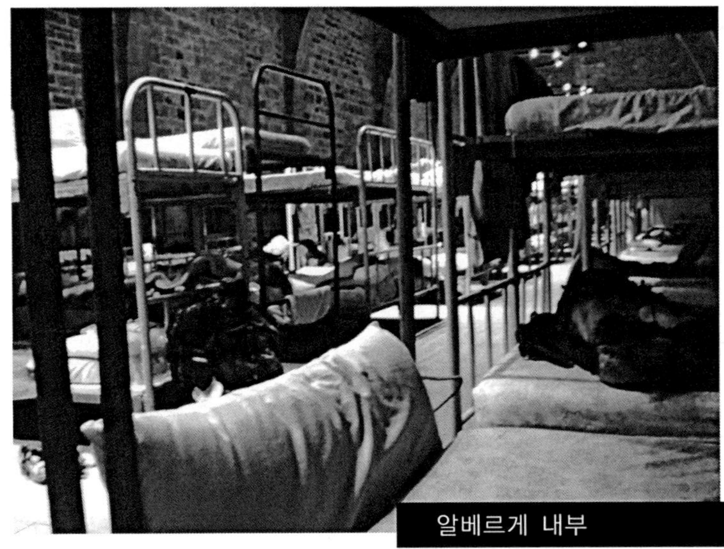

식사를 마치고 나오다가 깜짝 놀랐다. 빨래를 널어둔 곳이 황량했기 때문이다. 내가 널어놓은 것들 몇 개만이 바람에 나부끼고 있었다. 설마, 하며 가서 만져봤다. 이미 마른 상태. 이곳 태양이 강렬하다는 이야기는 들었지만 이 정도일 줄이야!

빨래를 걷으며 주위를 둘러봤다. 눈에 보이는 모든 것이 신비스럽고 당황스럽고 기가 막히고 놀랍고 재밌다. 그 와중에 한 가지는 분명히 알 수 있었다. 잘 왔다 라는 것을. 무모한 여행의 이틀째는 그렇게 흘러갔다.

3
9월 10일: 산티아고 가는 길은 안전하다

시계를 보니 아침 6시. 이른 시간에 눈을 떴다고 생각했는데 상당수의 순례자가 이미 짐을 꾸리고 있었다. 스페인의 태양을 의식해서인지 다들 서두르는 기색이 완연하다. 나도 서둘러야겠다고 생각하며 힘차게 침대에서 나왔다가 "으헉!" 하는 외마디 비명과 함께 침대 쪽으로 쓰러졌다. 허벅지부터 장딴지까지 통증이 파도처럼 몰려오는 것이 알이 배어도 단단히 배어 있었다.

내 위에서 자던 스요시와 주변 사람들이 다들 놀라서 "괜찮냐?"고 묻는데 억지로 웃으며 손만 저었다. 뭐 이 정도 가지고 그래, 하는 표정으로 일어났지만 역시 쉽지 않았다. 아무리 애를 써도 다리가 쭉 펴지지가 않아서 구부정하게 서 있어야 하는 상황. 하루에 기

본 20km 넘게 걸어야 하는데 벌써부터 이러면 어쩌자는 것인지. 눈앞이 캄캄해진다.

산티아고 가는 길에서 규칙 같은 건 없다. 대신 자기조절이 필요하다. 얼마나 걸을지 알아서 판단해서 적당한 곳에 있는 알베르게에 머물러야 한다. 전날 밤만 해도 이날의 목적지로 염두에 둔 곳은 27km쯤에 있는 라라쏘냐였다. 하지만 발 상태를 보고 22km만 걸으면 되는 주비리로 목적지를 바꿨다. 아! 그곳까지 제대로 걸을 수나 있을지도 막막하다.

가방을 둘러메는데 사람들이 주비리로 가는 길은 어렵지 않을 거라며 나를 격려한다. 그들의 말이 고마우면서도 못내 부끄럽다. 그들이나 나나 전날 똑같은 길을 걸은 건데 혼자 아픈 척하는 것 같아서였다. 그래서 보란 듯이 힘차게 걷기로 했다. 말로 하는 것보다 걸음을 보여주는 게 가장 확실할 테니까.

프랑스인, 한국인, 일본인이 동행하다

아침을 먹을 수 있는 장소는 4km 정도 떨어진 바에서다. 반가운 마음에 뭘 먹을까 두리번거리는데 빵밖에 안 보인다. 이런 빵 쪼가리를 먹고 어떻게 걷나 싶었지만 이게 이곳의 방식인 것 같아서 일단 적당한 것을 하나 시켰다.

그것과 함께 밀크커피라고 할 수 있는 '카페 콘 레체'를 시켰는데 의외로 종업원이 내 발음을 알아듣는다. 그 순간, 스페인어에 소질 있나 하는 생각을 했지만 이내 착각임을 인정하게 됐다. 계산하

는데 도대체 뭐라고 하는지 알아들을 수가 없다. 손바닥에 다양한 동전들을 펼치는 기초적인 방법까지 동원해야 했던 나, 소질 타령한 것이 부끄럽다.

바에 있는 사람이 전부 순례자들인지라 들어갈 때도 그렇고 나올 때도 인사하느라 바쁘다. 놀라운 것은 전날 한번 봤을 뿐인데도 반갑게 인사한다는 것이다. 더욱 놀라운 것은 나 역시 그렇게 한다는 것. 왜 그렇게 반가운지, 정말 나 자신도 놀랍다. 같은 길을 걷는다는 생각 때문일까? 낯선 사람들과 이렇게 스스럼없이 껴안게 되는 내 모습, 상상도 못했다.

이곳에서 마이키를 다시 만나 스요시와 함께 셋이 함께 걷기로 했다. 일본인, 한국인, 프랑스인이 동행하기로 한 것이다. 바를 나오면서 셋이 무슨 이야기를 하게 될까 궁금했는데 특이하게도 시작은 동물 울음소리였다. 곳곳에 있는 소들을 보다가 고양이, 소 등의 울음소리가 나라마다 다른지 확인해보자는 취지였다. 그런데 나중에는 놀라운 것을 볼 때 하는 말들까지 별의별 것들을 다 비교해봤다. 우리는 아름다운 길 위에서 어린애들처럼 낄낄거리며 독특한 방식으로 시간을 즐기고 있었다.

전날의 과오를 반복하지 않기 위해 점심을 마련해 둬야 했다. 스요시와 마이키의 사정도 비슷한 것 같았다. 그래서 우리는 중간에 나타난 마을에서 식량을 구입하자고 의견을 모았다. 이것을 위해서는 산티아고로 가는 길을 벗어나야 했다. 별생각 없이 빠졌는데 뒤에서 사람들이 부르더니 그쪽이 아니라고 외친다. 이런 친절이 또 있을까? 산티아고로 가는 길이 왜 안전하다고 말하는지를 알 것 같았다.

길을 묻고 있는 마이키

이리저리 헤매다가 동네슈퍼를 찾아냈는데 문이 닫혀있다. 시간은 오전 8시. 이상하다는 생각을 하며 주위를 보니 불 켜진 집도 별로 없다. 이 사람들은 도대체 언제부터 움직이는 걸까? 확실히 내가 살던 곳과 다르다.

다시 산티아고로 가는 길에 들어섰는데 불쾌한 신호가 온다. 발바닥에서 보낸 것이다. 굉장히 후끈거리는 느낌이랄까? 어느새 나는 절뚝거리고 있었다. 속도가 느려지는 건 당연한 일. 마이키와 스요시에게 "니들끼리 고(go) 해!" 라고 말했다. 그런데 이 사람들이 안 간다. 앞서 가다가도 걱정하는 눈빛으로 나를 보면서 기다린다.

미안한 마음에 계속 "니들끼리 워킹 해!" 라고 외쳤지만 내심 고마운 마음을 감출 수 없었다. 그들이 없었다면 나는 언제나 그랬듯이 겨우 몇 킬로미터 가다가 다리가 아파서 안 되겠다는 핑계를 댔을 것이고, 그런 다음에 적당한 곳에서 멈출 것이라는 걸 알고 있었기 때문이었다. 나를 기다리는 사람들 때문에 적당한 핑계는 가슴 속에 묻어둘 수 있었다. 그래서 마침내 정오가 갓 지난 무렵 주비리에 도착할 수 있었다.

도착하자마자 마을 사람들에게 "알베르게!" 하고 외치니, 다들 친절하게 알려준다. 문제는 언어가 스페인어라는 사실. 알아들을 수 없는 그들의 "쌀라쌀라"가 끝날 때야 확인하는 척하며 손으로 '이리? 저리?' 했는데 의외로 이게 통한다.

알베르게에 도착하자마자 양말부터 벗었는데 눈앞의 풍경에 할 말을 잃었다. 양쪽 발바닥에 큼지막한 물집 다섯 개가 합창을 하면서 나를 비웃고 있었기 때문. 살면서 물집이라는 것을 단 한 번 경험했던 나로서는 당황해서 뭘 어떻게 해야 할지를 몰라 망연자실했다.

이론상 바늘 같은 것으로 터뜨려야 한다는 걸 알지만 그건 이론에 불과했다. 게다가 떠나기 전에 '설마 물집 같은 것이 생길까?' 했던 터라 그런 것을 준비하지도 않았다. 그런데 이런 내 사정을 눈치 챘는지 스요시가 바늘을 하나 내민다. 다시 한 번 귀한 도움을 받고 말았다. 가벼운 마음으로 샤워 실에 들어갔다가 뭔가 이상하다는 걸 본능적으로 깨달았다. 설마, 하며 옆을 돌아보니 여자가 샤워를

알베르게 풍경

하고 있다. 아뿔싸! 유
일한 한국인으로서 나라
망신한 건가 싶어 가슴
이 덜컥했다. "쏘리!"
하고 돌아섰는데, 이건
또 웬일? 그 옆에는 또
남자가 샤워하고 있다.

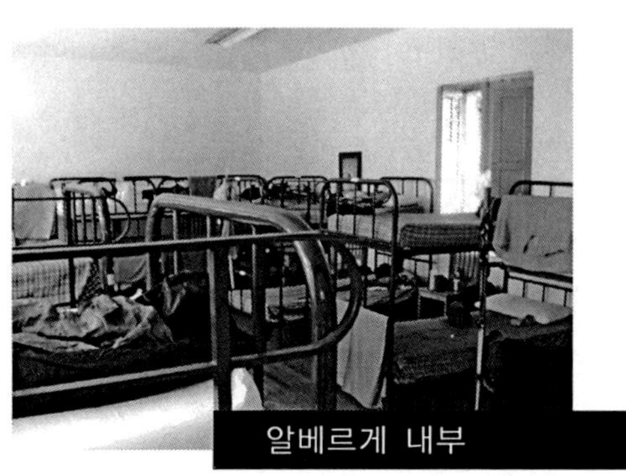

알베르게 내부

  그제야 알았지만 이곳 샤워 실은 남녀가 함께 쓴다. 물론 샤워하
는 곳에서 옆을 보지 못하도록 그 사이에 유리 막을 해놨지만, 들어
가는 문이나 가리는 커튼이 없던 것이다. 샤워를 하고 나온 뒤에 놀
란 마음을 스요시에게 고백했더니 스요시도 마찬가지였다고 한다.
서로 "서프라이즈!" 타령을 하는데, 이런 우리를 보고 마이키는 웃
기만 한다. 동서양의 문화 차이인 듯.

  마을을 구경하다가 먹을거리를 구할 겸 슈퍼를 찾았다. 시간은
오후 4시. 문이 닫혀 있기에 이른바 '낮잠 자는 시간'으로 알려진
'시에스타'인가 싶어서 다른 순례자들과 함께 문 앞에 앉았다. 그렇
게 2시간을 기다렸는데도 슈퍼는 도무지 문 열 생각을 안 한다. 알
고 보니 스페인의 많은 가게들이 일요일이면 문을 일찍 닫는다고.
일요일이니까 쉬기 위해서라는데 그 소리 듣고 할 말을 잃었다. 이
사람들은 돈 욕심이 없단 말인가?

  사람들과 함께 꼬르륵거리고 있는데 전날 함께 식사했던 벨기에
부부가 아스팔트를 따라 걸어가면 꽤 괜찮은 레스토랑이 나온다고

동행하자고 권유한다. 포크와 나이프로 생선을 먹어야 했던 기괴한 경험을 했던지라 나는 안 가고 물만 먹겠다고 했지만 몸을 위해 먹으라는 그들의 설득에 넘어가 절뚝거리며 따라가게 됐다. 다시금 외국 레스토랑에 문을 두드리게 된 것이다.

그런 밥이 맛있어?

이곳의 레스토랑은 가격이 약간 비싼 만큼 론세스발예스와 다르게 메뉴를 선택할 수가 있다. 다행히 차림표에 사진이 있어서 선택에 어려움은 없었다. 그러나 메뉴를 알아도 놀라기는 마찬가지. 이번에도 외국인들이 고기 기름에다가 바게트를 싹싹 발라먹는 것이

슈퍼가 열리기를 기다리는 사람들

그 이유였다. 나도 모르게 "으헉!" 하는 소리와 함께 그들의 입을 뚫어져라 바라봤다. 이 사람들 정말 비위 좋네, 라는 생각만 든다.

그런데 문득 이상한 생각이 들었다. 이들이 먹고 난 쟁반은 깨끗한데 반해 나와 스요시가 먹고 난 쟁반은 기름기가 그대로 있다. 오히려 내가 음식물쓰레기를 만드는 게 아닐까 하는 생각이 들었다. 그래서 환경오염도 줄이고, 문화체험도 해볼 겸하고 바게트를 들었지만 차마 할 수는 없고 욕이나 하지 말자고 다짐했다.

사람들이 주문한 음식들을 이리저리 관찰하는 내가 신기한지 사람들이 조금씩 먹어보라고 권한다. 외국 음식 체험을 해보라는 셈. 덕분에 다양한 음식들을 맛봤는데 이게 또 쉬운 일이 아니었다. 특히 마이키가 주문한 후식이 문제였다. 반갑게도 그것은 밥이었는데, 독특하게도 크림으로 범벅을 했다.

무슨 맛일까 싶었다. 그런데 먹는 순간 내 인상은 험악하게 변하고 만다. 그런 나를 보고 다들 웃는다. 그 와중에도 마이키는 그 괴상한 음식을 꿀꺽꿀꺽 잘도 먹었다. 마음속에서 서프라이즈 타령이 멈추지를 않는다. 무모한 여행의 삼일 째에도 서프라이즈는 계속되고 있었다.

4

9월 11일: 어메이징 인터내셔널 드림팀을 만들다

이른 시간에 떠나야 한다

아침 6시 45분, 다소 늦은 시간에 알베르게를 나왔다. 목적지는 팜플로나. 21km를 걸어야 한다. 이제까지 방문한 곳이 마을이라면 처음으로 도시라고 할 수 있는 곳을 가는 만큼 설레기도 하지만 물집 때문에 걱정이 앞섰다. 어처구니가 없게도 바늘로 한번 찌르면 물집이 없어지는 줄 알았던 나는 전날 딱 한번 찌르고 말았다. 당연히 아침에도 물집은 고스란히 남

아 있었고 왜 이런가 하는 의문과 함께 혹 덩이 5개를 데리고 길을
나서야 했다. 걷는 것이 그렇게 고통스러울 수 있다는 것을 실감하
는 아침이었다.

◈ 드림팀과 만들어 걷다!

　가까운 곳에 바가 있어서 마이키, 스요시와 함께 아침을 먹었다.
이번에도 커피와 바게트인지라 나이프 들고 잼을 발라먹는데 전날
만났던 미국인이 합석하게 됐다. 그의 이름은 매튜. 내가 물집 터뜨
리는 걸 보고 재밌어 하던 남자, 내가 손가락 다섯 개를 펴자 "호러
블!" 하면서 난리를 치더니 "쏘리!"를 연발하던 텍사스 출신의 미

산티아고 가는 길

국인이다.

내가 대뜸 "박찬호 알
아?" 했는데 모른단다.
그 시절 텍사스 야구팀
의 다른 선수들 이름도
이야기했는데 모르는 것
이 야구에 관심이 없는
것 같다. 대신 여행에는

일가견이 있는 고수였다. 물어보지 않아도 알 수 있었는데 이유인즉
우리들과 달리 이상한 재료들을 갖고 다니면서 식사를 해결했기 때
문. 커다란 삼겹살처럼 생긴 것은 물론이고 무슨 볶은 채소들까지
재료가 정말 다양하다. 그의 가방을 구경하면서 세상은 넓구나 하는
걸 새삼 느꼈다.

이때부터 매튜도 동행하게 됐는데 4개국 멤버가 함께 걷는 것이
다. 사람들 말에 따르면 '어메이징, 인터내셔널, 드림팀'을 만든 것
이다. 그도 그럴 것이 이 길에서 동행하는 사람들을 보면 처음부터
같이 온 경우가 많다. 이럴 때는 국적도 같다. 아니면 이 길에서 친
구가 돼서 걷는 경우인데 이럴 때는 보통 2개국이다. 그런데 우리는
4개국. "어디서 왔냐?"고 묻던 사람들에게 이 사실을 알려주면 다
들 "와우!"라고 외치며 신기해한다.

이런 멋진 사람들과 숲 속을 걷는데도 마냥 웃을 수는 없었다. 물
집이 여간 불편한 게 아니다. 절뚝거리면서 걷게 되는 것은 당연한

일인데 여기에 설상가상으로 추적추적 비까지 내린다. 제법 운치 있는 장면이건만 나 홀로 울상이었다.

길을 걷는 것도 힘들었지만 미안한 마음도 컸다. 그런데 이 인간들, 먼저 가라고 해도 안 간다. 자꾸만 괜찮단다. 그렇게 미안하면서도 고마운 마음으로 힘겹게 걷는데 스페인 할머니들이 달려들었다. 그리고는 나를 빙 둘러싸서 뭐라고 "쏼라쏼라" 한다. 예상치 못한 일이라 그저 멍하니 있었다. 갑자기 할머니들이 뭔가를 준다. 작은 파스 같은 것이다. 뭔가 했는데 스페인어를 약간 할 줄 아는 매튜가 통역을 해준다. 네가 걱정돼서 주는 거라고, 그게 다리 상처에 아주 좋은 거라고.

알아들을 수 없는 스페인 할머니들의 말을 들으며 정신은 다른 곳으로 향했다. 나라면 어땠을까? 나라면 그렇게 누군가에게 줄 수 있었을까? 나중에라도 필요할지 모른다는 생각으로 움켜쥐고 있지 않았을까? 나라면 늦게 오는 사람을 기다릴 수 있었을까? 빨리 가서 쉬고 싶었을 텐데? 그 순간 "고맙습니다!"라는 말 밖에는 할 수가 없었다. 그런 나를 향해 할머니들 손을 흔들며 외친다. "부엔 카미노!"

사람들의 도움을 받은 끝에 팜플로나에 도착한 시간은 오후 2시. 짐을 풀자마자 매튜가 내 다리를 보잔다. 그리곤 이번에도 "호러블!" 타령이다. 그 소리를 들은 순례자들도 내 다리를 보고 싶어 한다. 뭐 그리 아름다운 발바닥이라고 보고 싶어 하는지 모를 일인데 하여튼 다들 보고 비명을 질러댄다. 그리고는 효과가 좋다는 파스를 준다. 그럴 때마다 그 친절함에 놀라고 만다.

씻고 나오는데 날벼락 같은 소리가 들렸다. 내가 이틀 정도는 푹 쉬어야 한다고 친구들이 입을 모았기 때문이다. 더욱이 매튜나 마이

쉬고 있는 드림팀. 왼쪽부터 매튜, 마이키, 스요시

키뿐만 아니라 처음 보는 사람들도 고개를 끄덕이며 그렇게 말하니 대꾸할 말이 없었다. 이틀을 쉬라니, 말도 안 돼! 하지만 다들 걱정하는 눈빛이 진지한지라 "내일 상태 봐서 결정할게." 라는 문장을 쥐어 짜내는 수밖에 없었다.

알베르게 앞에서 물집을 터뜨리고 있는데 마이키가 괴상한 소시지를 익히지도 않고 질겅질겅 씹어 먹는다. "그거 맛있어?" 하고 물었는데 최고라며 먹어보란다. 나는 반사적으로 고개를 절레절레 흔들었다. 그런데 호기심이 동한다. 어떻게 저렇게 맛있게 먹을 수 있을까? 결국 슈퍼마켓에서 마이키가 추천하는 것으로 구입해 먹었다가 공허한 웃음만 남겼다. 이 사람들 정말 특이해, 하는 생각을 하면서.

슈퍼마켓을 나온 김에 도시를 빙 둘러보기로 했다. 절뚝거리는 다리가 마음에 걸리지만 쉬기 위해서 온 것이 아닌 만큼 일종의 사

명감을 갖고 길을 나섰
다. 팜플로나의 첫인상
은 유럽영화 속의 추격
신이 벌어지는 그런 무
대라는 것. 좁은 길옆으
로 특유의 건물들이 늘
어서 있는 것이 킬러들

이 활약하기에 어울리는 길거리다. 나는 내가 서 있는 곳을 신기하
게 둘러볼 뿐이었다.

사람들도 나를 신기하게 쳐다본다. 쟤 뭐야? 그런 눈빛이다. 동양
인을 확실히 낯설어 하는 게 눈에 보인다. 그러고 보면 서로 구경하
는 셈이다. 그런데 그 와중에 길을 잃었다. 산티아고 가는 길도 아니
니 표시판이 있는 것도 아니다. 스스로 생각해도 무모할 정도로 방
향감각 없이 돌아다닌 대가로 길을 잃은 것이다. “쉬어야 할 팔자
야.” 하며 주위를 둘러보는데 어쩐 일인지 건물이 다 똑같아 보인다.
위기였다.

알베르게만 외치다!

알베르게가 어디에 있는지 분석이 불가능한 상황. 결국 용기를
내서 지나가는 사람들을 붙잡았다. 할 줄 아는 스페인 말도 없어서

무턱대고 "알베르게!" 라고 외쳤는데 놀랍게도 사람들이 다 알고 있다. 작은 마을도 아닌데 다들 가야 하는 방향을 손짓해준다. 막막함은 사라지고 신기할 뿐이었다. 어떻게 다들 알고 있지?

더 신기한 것은 길을 알려주는 사람 중에 영어를 할 줄 아는 사람이 없다는 것이다. 이건 좀 놀라웠다. 다들 스페인어로 "쏼라쏼라" 한다. 마치 내가 알아듣는다고 생각하는 것 같아서 처음에는 손가락으로 ×를 만들며 "삐이! 농, 에스파뇰!" 했다. 차라리 영어로 해달라고 했는데 이번에는 그들이 손가락으로 ×를 만든다.

그리곤 다시 스페인어로 "쏼라쏼라". 나중에 알베르게에서 들었지만, 스페인 사람들은 스페인어만 잘 한다고 한다. 그 다음으로는 불어라고. 결국 나와 스페인사람 사이에는 보디랭귀지가 공용어임을 새삼 깨달았다. 아! 이 경험에서 한 가지 배웠고 결심하게 됐다.

한국에 돌아간 뒤에 외국인이 길 물으면 영어 모른다고 도망가지 말아야지! 손짓으로라도 열심히 설명해줘야지. 그것만으로도 정말 고마운 일이니까.

무사히 알베르게에 찾아온 뒤, 침대 위에 침낭을 깔고 있는데 마이키와 매튜, 그리고 스요시가 자신들은 내일 5km만 걷기로 했다고 말한다. 도시를 구경하기 위해서란다. 그러면서 덧붙이는 말, "정, 조인할래?"

이 사람들아. 아침에 무슨 구경이야? 그게 말이 돼? 속마음과는 달리 그들의 뜻이 무엇인지 알기에 고개를 끄덕끄덕했다. 이 다국적 인간들아, 고맙다. 멋진 거 배운다. 고마운 마음 담아서 "땡큐!" 했다. 그랬더니 헤헤 웃는다.

산티아고 가는 길을 두고 세상에서 가장 아름다운 길이라고 하는 이유가 무엇인지 막연하게나마 깨닫는 순간이다. 그것이 결코 풍경을 두고 하는 말이 아니었다는 것을. 무모한 여행은 그렇게 계속되고 있었다.

5

9월 12일: 이건 '노 쁘라쁠럼'이 아니잖아요!

어차피 5km만 걷기로 한 날이라 아침부터 굼뜨게 행동했다. 그 결과 알베르게에서 나온 시간은 오전 7시. 4개국 멤버가 모이자마자 바부터 찾았다. 우리만 그런 것이 아니라 다른 순례자들도 으레 그래야 한다는 듯이 거리를 헤집고 다닌다. 길거리에서 서로 몇 번이나 마주치며 겸연쩍게 웃었다. 마치 보물찾기 하는 것 같은 풍경이다. 다른 점이 있다면 결과를 공유한다는 것.

누군가 찾은 보물섬에 함께 들어가자 마을 사람들이 두루 보인다. 시골과는 확실히 다른 풍경이다. 그곳에서 빵과 커피로 아침을 때우고 이날 해야 할 일들을 정했다. 나에게 가장 중요한 일은 우체국에 방문이다. 듣자하니 이곳에서는 산티아고로 짐을 보낼 수 있다고 한다. 필요하지 않은 짐을 줄일 수 있는 기회인 셈인데 나는 해당 사항이 없는지라 한국에 엽서 몇 장을 보내기로 했다.

절뚝거리는 다리로 힘겹게 우체국에 들어갔을 때, 내심 뭔가 대단한 과정이 있을 거라 기대했는데 스페인 아주머니가 엽서 붙여주더니 사자머리 우체통에 넣으면 된다고 설명

해서 실망했다. 아쉽기도 하고 며칠이나 걸리는지 궁금한 까닭에 다양한 손동작을 동원하면서 "여기, 에스파뇰에서, 에어플레인, 부웅, 투 꼬레아, 하우 롱?" 이라고 물어봤지만 아주머니는 어려운 수학 문제를 마주한 표정으로 어색하게 웃기만 한다. 우표 값이 0.78유로라는 사실을 안 것으로 만족하기로 했다.

🔘 정, 부엔 카미노!

드림팀은 다들 관광을 하고 싶어 한다. 나 역시도 마찬가지. 하지만 그럴 처지가 아니라는 것을 알고 있다. 그래서 5km 떨어진 시수르 메노르에서 만나기로 하고 우체국 앞에서 드림팀과 헤어졌다. 도시가 큰지라 길 잃어버리는 것이 아닌가 걱정했지만 가는 곳곳마다

순례자들을 위한 표시가 있어서 헤매지는 않았다.

　그렇다고 걱정이 없어진 건 아니다. 걸을수록 물집 때문에 난감해졌다. 나 같은 경우 10kg 가방을 멘 상태에서 1시간에 걷는 거리는 대략 4km에서 4.5km사이다. 그런데 절뚝거리며 걷는 이날, 5km를 걷는 데 무려 두 시간이 걸렸다. 확실히 뭔가 심각했다. 결단을 해야 할 것 같았다. 두 시간이 걸려 도착한 시수르 메노르는 상당히 작은 마을인데 알베르게가 두 개나 있다. 처음 보이는 곳을 방문했는데 가서 보니 약속장소가 아니다. 순례자 여권에 스탬프만 찍고 나와서 다른 알베르게를 찾았다. 예상 외로 가까운 곳에 있어서 부담 없이 가는데 저 멀리서 웬 외국청년이 나를 향해 "정, 부엔 카미노!"라고 외친다.

　정말 깜짝 놀랐다. 말 한마디 해본 적 없는데, 내 이름을 어떻게

화살표만 따라가면 걱정 없다

알았을까? 나도 뭔가 말하고 싶은데 이름을 모르니 그럴 수가 없다. 그렇다고 달려가서 이름을 물어볼 수도 없는 상황. 하지만 뭘 고민하랴. 여기서는 그런 거 필요 없다. "부엔 카미노! 잘 가!"라고 외쳤다. 만날 때는 "올라!", 헤어질 때는 "부엔 카미노!", 그거면 다 된다고 믿는다. 적어도 이 길에서는.

알베르게에 들어가자마자 놀라서 입이 닫혀지지 않았다. 너무 예쁘기 때문. 해변 분위기라는 말이 나올 정도다. 7유로라는 비교적 비싼 비용을 치러야 했지만

시설도 좋아서 돈이 아깝다는 생각이 들지 않았다. 오후 내내 다리에 휴식을 줄 요량으로 그늘을 찾아 앉았는데 이상한 장면이 계속 목격되고 있다. 나와 달리 외국인들은 일부러 그늘을 벗어나 태양의 사정권으로 들어가는 것이다. 다들 해바라기 하려고 작정한 것 같았다.

왜 저러나 싶어서 쳐다보다가 호기심을 참지 못하고 나도 의자 하나 들고 그쪽으로 갔다. 신기하게도 "아, 좋구나!" 하는 말이 나온다. 몸이 보송보송해지는 느낌이랄까. 특히 후덥지근한 것이 없어서 땀이 안 난다는 것이 반가웠다. 물론 그들처럼 진득하니 있지 못하고 그늘로 왔다 갔다 했지만 나쁘지 않다. 그들이 그렇게 하는 데는 이유가 있었던 셈이다.

알베르게에 들어오는 순례자들을 구경하는데 신기하게도 전날 팜플로나에서 만났던 사람들이 많다. 다들 도시 구경하거나 혹은 쉽게 만나기 어려운 도시인만큼 큰 볼일을 보다가 늦은 것이다. 기대하지도 않았는데 사람들을 다시 만나니 무척이나 반갑다. 그들도 나를 보며 활짝 웃는다. 그러면서 약속이나 한 듯 꼭 "발은 괜찮아?"라고 묻는다. 민망한 순간이다.

정말 '노 쁘라블럼'이죠?

발이 정말 문제였다. 바늘로 콕콕 찔러도 변화가 없다. 혼자 고개만 갸우뚱하며 찌르고 또 찌르는데 당황스럽게도 찌를 때마다 물이 나온다. 내가 알고 있는 이론에 무슨 문제가 있는 건가? 답답한 마음에 마을을 구경하고 알베르게로 돌아오는데 스요시가 "정이 물집 있어요."라고 말한다.

뭔 소린가 하는 찰나에 누가 내 팔을 잡는다. 독특한 억양을 지닌 호스피탈레로 할머니, 웬 구급상자를 들고 웃고 있었다. 할머니가 나를 앉힌다. 그리고는 어느 발이냐고 손짓하면서 웬 주사기를 꺼낸다. 놀라서 스요시를 쳐다봤다. 스요시, 어깨만 으쓱한다. 저 멀리 있는 외국인 아가씨들, 다들 흥미진진하다는 표정으로 나를 본다. 내 대답이 없자 할머니가 내 발 하나를 자신의 무릎 위로 들어올린다. 다리를 보더니 "오!" 한다. 그리고는 주사기를 들이민다. 다급한 순간, "잠깐만요!"라는 한국어가 튀어나왔다. 호스피탈레로 할머니, 독특한 발음으로 "노 쁘라블럼!"이라고 외친다.

"진짜요?"

"노 쁘라블럼!"

"진짜 안 아프죠?"

"노 쁘라블럼!"

"좋아요!"

"노 쁘라블럼!"

대화를 나눈 뒤 고개를 획 돌렸다가 아무래도 불안한지라 다시 쳐다봤다. 그런데 이미 주사기는 내 물집에 꽂혀 있는 상태! 아! 정말 감탄했다. 주사기가 물집을 단번에 무기력하게 만들고 있었기 때문이다.

나를 보던 아가씨들을 향해 손동작으로 좋다고 신호를 보냈다.

아가씨들 믿지 못한다는 표정이다. 괜찮다니까, 라는 뜻으로 엄지손가락을 들었는데, 그 순간, "으악!" 하는 외마디 비명이 튀어나왔다. 할머니가 기습적으로 빨간 약 같은 것을 바른 것이다. 할머니, 이건 노 쁘라블럼이 아니잖아요! 울상이 된 나를 보고 다들 웃는다. 이 망신살을 어찌 하랴. 나도 함께 웃고 만다. 다른 쪽 발에는 물집이 없는 척 하면서.

◎ 무모한 분석 끝에 얻은 무모한 결론

순례자들 대부분이 저녁 내내 알베르게에서 수다를 떤다. 스스로도 놀랐지만 나도 동참했다. 어째서일까? 먼저 발음이 해결됐기 때문이다. 나와 그들은 발음이 다르다. 텔레비전, 커피라는 기본적인 단어조차 너무 달라서 말하기가 무안할 지경이다. 이건 분명 민감한 문제였다. 그들이 이른바 본토발음이라는 것을 쓰는 것이니까 나한테 문제가 있다고 생각했던 것이다.

그래서 단어 하나 말할 때도 신경 쓰게 되고 들은 다음에는 어설프게나마 따라하려고 하다 보니 말하기가 더 어려웠다. 그런데 그들이 그것을 알고 손사래를 친다. 자기들끼리도 다르니까 너랑 다른 것이 당연하다고 말하며 신경 쓰지 말란다. 의미심장한 말이었고 그때부터 편하게 말할 수 있었다. 아, 물론 교육을 받기도 했다. 지나친 콩글리시를 사용하면 그들은 "이렇게 말해야 한다."고 알려줬다.

공짜로 외국어를 배우는 셈이다.

그 다음으로 용기를 얻게 된 건 기본적인 대화를 나누는 데 많은 단어가 필요하지 않다는 걸 알았기 때문이다. 비잔틴제국의 흥망사 같은 걸 논하지 않을 바에야 서로 궁금한 걸 이야기하는데 필요한 단어는 고등학교 1, 2학년 수준이면 된다는 것이 여기서 얻은 결론이다. 물론 모르는 단어도 많이 나온다. 그럼 그게 뭐냐고 물으면 된다. 그러면 보디랭귀지를 통해서라도, 살아있는 영영사전이라는 생각이 들 정도로 친절하게 설명해준다.

물론 이것들보다 더 중요한 것은 다른 차원의 것이다. 감히 말하자면, 그것은 의지였다. 대화하고자 한다면 어떻게든 된다. 보디랭귀지든 뭐든 간에. 그렇다. 피할 필요가 없다는 것, 그것을 알아가고 있었다. 무모한 여행 중에 얻은 무모한 결론이었다.

6

9월 13일: 유럽에서 서리를 하다!

밤새 비가 왔다. 도넛으로 아침을 때우던 나는 행운아라고 생각했다. 만약 걸을 때 비가 왔다면? 상상만 해도 끔찍했다. 드림팀 멤버들이 짐을 꾸리는데 마이키가 친구 한 명을 소개한다. 전날 저녁에 이미 '프렌드'를 소개하겠다고 해서 별생각 없었는데 직접 보고 까무러치는 줄 알았다. 그의 이름은 알랑. 프랑스인인데 당황하게도 나이가 내 아버지뻘이다. 도대체 마이키와 알랑이 어떻게 '프렌드'가 된다는 거지?

발 상태는 여전히 비정상. 전날 낮에 호스피탈레로가 치료해준 발이 그나마 좋아진 것 같아 다행이었다. 순순히 양쪽 발을 내밀었으면 완쾌됐을지도 모른다는 후회감이 들었지만 이미 늦은 일. 절뚝

페르돈 언덕

거리며 걸어야 할 것을 각오하고 알베르게를 나섰다.

사람들에게 들은 바로는 걷는 길이 쉽지 않다고 한다. 포르돈 언덕이라는 것을 넘어야 하기 때문이다. 날이 좋다면 그다지 어려운 일이 아닌데 밤새 비가 와서 큰일이라고 하기에 도대체 무슨 뜻인가 했다.

궁금증은 현장에서 해결됐다. 가는 길이 온통 진흙탕이었던 것이다. 얄궂게도 맑은 하늘에서는 부슬부슬 비가 내리기 시작했다. 비가 오는 건가, 하고 고개를 들었다. 빗방울이 굵어지기 시작했다. 커다란 언덕과 검은 구름으로 뒤덮인 하늘을 보며 침을 꿀꺽 삼켰다. 행운아라는 생각을 버렸다. 긴장해야 했다.

발을 내딛는다. 무게감이 뭔가 다르다. 신발 크기의 절반가량이나 되는 진흙이 덕지덕지 붙어있다. 그야말로 천근만근이다. 그런 발을 다시 땅에 놓으면 묘하게도 편안한 느낌이 든다. 이때는 물집이 신경 쓰이지도 않는다. 아기가 엄마 품에 안긴 양 발이 부드럽게 땅에 달라붙기 때문이다. 푹신하다는 느낌마저 든다. 이 순간은 굉장히 편한 상태인데 문제는 그럴수록 발을 떼기가 더 힘들다는 것이다. 땅이 쉽게 놔주지 않는다. 끄응, 하는 소리가 절로 나온다.

길도 좁은데 비도 내린다. 그런 탓에 한가로이 누굴 기다리는 것도 어려운 상황. 드림팀도 진흙과의 싸움을 벌이며 다들 뿔뿔이 흩어졌다. 빨리 벗어나는 게 상책이었다. 그렇게 얼마나 흐른 걸까?

곶은 날씨로 고생하는 순례자들

시간 감각도 잃은 채 끙끙거리며 걷다 보니 포장된 길이 보인다. 마침내 정상에 이른 것이다. 그곳에서 이미 도착한 사람들과 인사를 나누는데 이제부터는 내리막길이라고 격려한다.

내리막길. 이것이 쉬운 길 같지만 되레 어렵다. 발가락 근처에 물집 등의 상처가 있는 경우라면 더욱 그렇다. 무슨 이유인지 산티아고 가는 길의 내리막길은 유독 자갈길이다. 공짜 지압을 톡톡히 할 수 있는 셈인데 그것도 발바닥이 깨끗할 때나 누릴 수 있는 호사다. 뾰족한 돌을 피하며 걷다 보니 또 속도가 느려진다. 이래도 늦고 저래도 늦어지는 상황. 드림팀과 알베르게에서 만날 작정을 하고 아예 느림보 걸음으로 걷기로 했다.

그러다보니 내리막길에서는 추월당하기의 연속이었다. 순례자들 다들 “올라!” 혹은 “봉쥬르!” 하며 지나쳐간다. 그럼 나도 똑같이 인사. 그게 끝이다. 빨리 가든 늦게 가든 의미는 없다. 알아서 최선을 다하면 그만이다.

페르돈 언덕을 내려오면서 변하고 있다는 것을 느꼈다. 첫날 피레네산맥을 걸을 때만 해도 4시간 만에 넘어주겠느니 하는 생각들을 했다. 내심 1등으로 걸어가 주겠다는 생각 따위도 했다. 하지만 며칠 만에 그것이 어리석다는 걸 알았다. 이곳에서는 그런 것이 의미가 없다.

하루에 많이 걷는다고 해서 누가 칭찬해주는 것도 아니고 빨리 걸었다고 해서 상 주는 것도 아니다. 빨리 걸어서 가장 먼저 알베르게에 도착해봤자 기다리는 건 ‘문 여는 시간은 언제니까 기다리시

오!’ 라는 팻말뿐이다. 추월이라는 단어가 무의미하다고 한 곳이 바로 이곳이다. 앞서거니 뒤서거니 하며 같이 걷는 것만 있다.

언덕을 건넌 뒤 오전 11시 40분에 바에 도착했다. 포와 브라우어닝 모녀를 비롯해 드림팀 멤버들과 자주 봤던 사람들이 있다. 끙끙거리며 들어가는 나를 향해 박수를 쳐준다. 나도 그들을 향해 박수를 쳐줬다. 그때 그런 생각이 들었다. 살면서 크고 작은 일로 경쟁하며 견제하느라 정신이 없던 그 사람들, 그들과 함께 걸으면 어떨까? 달라지지 않았을까?

◎ 이 길이 매력적인 이유는

바에서부터는 뒤처지지 않고 걸었는데 이유인즉 과일 때문이다. 시작은 ‘휘가(Fig.영어식 표기)’ 라는 것이었다. 바에서 나오자마자 아저씨들이 지팡이로 나무를 치고 있는 광경을 목격했다. 나와 스요시는 그 광경이 신기해서 빤히 쳐다봤는데 그 아저씨들이 먹어보라며 뭔가를 준다. 그것은 그다지 먹음직스러운 외모는 아니다. 그래도 마음을 생각해 그냥 콱 깨물었는데 이럴 수가! 달콤함에 몸이 휘청거렸다. 반해도 단단히 반하고 말았다.

이때부터 나와 스요시는 휘가 없나 찾아다니는 것이 주요 관심사였다. 길을 걸으러 온 건지 휘가 찾으러 온 건지 헷갈릴 지경으로 휘가의 힘은 강력했고 이런 우리를 위해 매튜와 마이키 그리고 알랑도

중간에 들르는 바는 사막의 오아시스와 같다

휘가 찾는 데 동참했다. 그 순간만큼은 '휘가 원정대'였던 셈. 그런데 휘가 대신 다른 과일이 나타나기 시작했다. 그것은 바로 포도! 왜 그리 윤기가 찰찰 흐르는지! 다들 달려들었다. 유럽에서 서리를 한 셈이다.

이날부터 새롭게 만난 알랑의 생태교육도 놀라웠다. 모 프로그램에 제보하고 싶을 정도로 알랑은 자연의 신비로운 마법들을 잘 알고 있었다. 예를 들면, 나뭇잎을 따오더니 비벼보라고 한다. 시키는 대로 했더니, 아뿔싸! 향수 뺨치는 은은한 냄새가 퍼져온다. 옷에 비벼도 마찬가지. 신기한 것은 비비기 전에는 그것이 없다는 것이다. 아는 사람만 사용할 수 있는 자연향수인 셈이다.

또한 이런 것도 있었다. 알랑이 작은 나무를 꺾어오더니 입에 물어보라고 한다. 이때는 좀 당황했다. 나무 물고 걷는 것이 어째 좀

어색했기 때문. 호기심에 물었는데 달콤하면서도 산뜻한 맛이 입안을 가득 메운다. 담배 끊고 싶던 사람들에게 이런 것 하나 물려주면 되겠구나, 하는 생각이 들 정도. 걷는 길도 놀라웠지만 그 길에서 경험하는 것도 놀랍다.

목적지인 푸엔테 라 레이나에 도착한 시간은 오후 2시 반. 빨래와 샤워를 급히 처리한 뒤 물집을 터트리자마자 알베르게를 나섰다. 꼬르륵, 소리를 참을 수 없었기 때문이다. 그런데 이런! 역시 시에스타의 힘은 강력했다. 스페인 사람들은 다들 낮잠을 자는지 순례자들만 만날 수 있었다.

알베르게에 돌아와 보니 나와 한방을 쓰게 된 브라질 여자가 흥분해서 난리다. 그녀의 이름은 말루. 무슨 일인가 했는데 금방 이해했다. 한 방에 열 개의 침대가 있는데 우리 방에는 국적이 7개나 모인 것이다. 일본인과 프랑스인, 영국인이 두 명이고, 그 외 한국, 브라질, 이탈리아, 미국에서 한 명씩 왔기에 그렇다.

하지만 내게 그것보다 더 놀라운 건, 매순간 놀라는 것이지만, 국적이나 인종이라는 것이 무의미하다는 것이다. 이곳에 오기 전에 내심 인종차별 같은 게 있으면 어쩌나, 하는 걱정이 있었다. 가뜩이나 말도 못 알아듣는데 그런 것까지 겪으면? 상상하고 싶지도 않았던 문제인데 다행스럽게도 그건 기우였다. 이곳에서는 차별이라는 걸 겪지도 못했고, 보지도 못했다. 차별, 그게 무슨 단어지? 그런 생각이 들 정도다. 그 대신 배려라는 단어를 매순간 느낄 뿐이다.

그 길, 산티아고 가는 길에서 나와 너는 '우리'가 되고 있었다. 그렇기 때문에 무모한 여행도 포기하지 않을 수 있었던 것이다. 이 길이 매력적인 건 그런 것이 한 몫 단단히 하기 때문이리라.

7

9월 14일: 유럽의 포도밭이 다 우리 것이야!

이날의 목적지는 에스테야. 22km를 걸어야 한다. 오전 7시에 알베르게에서 나왔는데 아침부터 추적추적 비가 내린다. 하지만 이날의 걷기는 신체적으로는 힘들지언정 정신적으로는 그야말로 '신바람 걷기'였다.

이유는 역시 알랑이다. 알랑 덕분에 휘가와 호두, 그리고 사과를 공짜로 먹는 등 생각지도 못한 일들로 해피타령을 하느라 시간 가는 줄 몰랐다. 게다가 가는 길에는 왜 그리 포도들이 주렁주렁 달려있는지! 보고만 있어도 즐거운 것이 이곳의 모든 포도밭이 다 우리 것 같다는 착각이 들 지경이다.

순례자의 길을 걷다보면 재밌는 일을 많이 겪게 된다. 첫 번째는

역시 시골사람들과의 만남. 그들의 눈빛에는 넌 누구니, 하는 질문
이 가득하다. 그나마 어른들은 좀 낫다. 아이들은 나와 스요시에게
서 눈을 떼지 않는다. 검은 머리가 신기한 모양이다. 두 번째는 세계
에서 온 순례자들을 구경하는 일이다. 아침은 알베르게나 바에서 해
결하고 나오지만 점심은 길에서 먹는 경우가 허다하다. 그러다보니
적당한 자리에서 모이게 마련이고 다른 사람들과 합석하게 되는 경
우가 많다. 그러면 나는 이들을 유심히 관찰하는데 이게 퍽 재밌다.

바게트에 생선과 토마토를 넣어서 먹는 사람, 삼겹살처럼 생긴 것
을 굽지도 않고 양배추 따위와 함께 먹는 사람, 커다란 치즈를 칼로
듬성듬성 잘라 먹는 사람 등 다양한 사람들이 나를 놀라게 한다. 내가
먹는 것도 잊고 쳐다보고 있으면 순례자들, 꼭 내민다. 내가 먹고 싶
어서 그러는 줄 아나본데 덕분에 별의별 것 다 먹어보는 횡재를 했다.

순례길은 고단하지만, 순례자들의 얼굴에 웃음이 떠나지 않는다

오후 3시가 돼서야 에스테야에 도착했다. 이곳의 알베르게는 꽤 싸다. 하루 묵는 것과 다음날 아침 식사를 하는 데 드는 비용이 5.5유로. 알베르게에서 제공하는 아침이 꽤 푸짐하다는 걸 아는지라 다들 얼굴에 방글방글 웃음이 가득하다.

기분 좋게 배정받은 침대를 찾아갔다가 깜짝 놀랐다. 2층 침대가 두개씩 붙어있기 때문. 이전 것과 비교해자면, 가운데가 약간 파인 더블침대라고 해야 할까? 혼자 여행 다니는 사람은 어쩌나, 싶었는데 구석에 일인용 침대가 두루 보인다. 괜찮은 배려다. 하지만 저 자리마저 남아 있지 않다면? 수줍음 많은 사람들은 뭔가 단단히 결심을 해야 할 듯하다.

샤워를 하고 스요시와 나란히 서서 손빨래를 하던 중 각자의 나라에 대한 이야기를 하다가 서로 놀랐다. 나는 고이즈미를 알고 스요시는 노무현 대통령을 알고 있기 때문. 특히 스요시는 노무현 대통령의 얼굴 특징을 흉내 내기도 해 나를 더욱 놀라게 했다. 내가 아베 총리까지 알고 있다고 말했더니 스요시도 더 놀라며 그가 한국에서 유명하냐고 묻는다. 글쎄, 유명하긴 한데, 좋은 의미는 아닌데…. 이럴 때는 언어가 제대로 통하지 않는 게 다행이지 싶다.

외국인들을 구경하다가 결심한 것

보통은 짐을 정리하고 빨래를 한 뒤 약간의 휴식 후에 마을로 나

가는 것이 내가 보낸 지난 며칠간의 일정이었다. 하지만 이날은 알베르게에서 집중 탐구 시간을 갖기로 했다. 그것은 다름 아닌 서양인들의 과장된 행동에 관한 것이었다.

도대체 그들은 왜 그렇게 과장된 행동을 할까? 대화할 때도 보면 손을 이리 저리 돌리는 것이 심상치 않다. 얼굴 표정이 변하는 것도 마찬가지. 게다가 소리 지르는 것은 또 어떤가? 의문을 해결하기 위해서 수다가 가장 많이 일어나는 장소인 알베르게 부엌에 공개적으로 잠복하기로 했다.

그런데 이곳에서 원래 목적과 다른, 전혀 뜻밖의 것을 깨달았다. 그것은 '나'에 관한 것이었다. 첫 번째는 땡큐에 관한 것. 순례자들 사이에서는 음식들을 서로 권하는 일이 많다. 초콜릿이나 빵 등을 자주 권하는데 나 같은 경우 거절할 때 단지 "노!" 한다. 그런데 이들을 관찰하다보니 내가 땡큐에 인색하다는 것을 알았다. 차라리 남 발일지언정, 땡큐를 입에 달고 살자고 결심하게 됐다.

그 다음에는 일종의 반응에 관한 것이다. 내가 과장됐다고 했던 그들의 행동은 내 입장에서 보면 과장이지만 그들 입장에서는 당연 한 것일 수도 있다. 그렇다면 그에 비해 손동작이나 감탄사 등이 굉 장히 소규모인 나는 무뚝뚝한 것으로 보이지 않을까? 이것은 특히 브라질 아가씨 말루를 보면서 느꼈다.

말루는 상대방이 한마디만 해도, 소리를 낼 뿐만 아니라 중간에 멈추지 않고 끝까지 한다. 몰래 한번 따라해 봤는데 입이 아플 지경 이다. 그런데 왜 그렇게 과장스럽게 응답하는 것일까? 어렵지 않게 알 수 있었다. 그녀와 대화하는 사람들의 눈을 보면 다들 초롱초롱 빛난다. 하기야 누군가 내 이야기를 열심히 듣고 있다는 생각이 든

다면 그럴 것이다. 때문에 이번에도 마음을 고쳐먹기로 했다. 크게, 자주 웃으며, 반갑게 말하자는 것! 잠복의 의미도 잊은 채 다이어리에 그것을 적고 말았다.

◈ 외국 거리를 걸으며 보고 생각한 것들

"노, 땡큐!"를 입에 달기 위해 중얼거리며 에스테야 거리로 나갔다. 이곳에서도 확인해 봐야 할 것이 있기 때문인데 그것은 바로 쓰레기에 관한 것! 이곳 사람

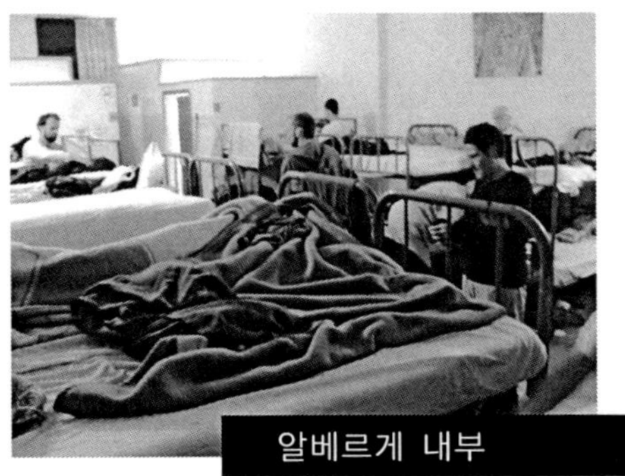

알베르게 내부

들은 쓰레기를 막 버린다. 특히 담배꽁초가 그렇다. 그것을 휙휙 던지는 꼴이 길거리를 더럽게 하려고 무슨 결심이라도 한 것 같다. 이를 스요시에게 이야기했더니 스요시도 놀랐다며 고개를 끄덕인다.

그 가운데 또 하나 확인한 사실은 남자든 여자든 상관없이 걸어다니면서 담배를 피운다는 것이다. 이런 것도 차별이 없다고 해야 하는 걸까? 예전에 여자친구와 함께 담배를 피우다가 할아버지들이나 아저씨들한테 혼난 적이 많다. 그런데 혼난 이유가 좀 다르다. 여자친구는 여자가 담배 피운다고 혼나고 나는 여자가 피우는데 보고

사람들 구경하는 재미도 쏠쏠하다

만 있다고 혼났다.

이게 참 빈번하게 일어난지라 나중에는 담배 때문에 일부러 카페 같은 곳에 들어간 적도 많았다. 나중에는 그게 일상적인 일이 됐을 정도인지라 거리를 보면서 살포시 웃고 말았다. 스페인 여성들이 한국에 온다면 가장 먼저 겪을 문화충돌은? 답을 흡연문제라고 적고 싶다. 아! 무슨 이유일까? 유명한 것보다 점점 작은 것을 구경하는 것이 재밌어 지고 있음을 느낀다. 도시에서 소문난 교회나 유적지보다 알베르게 내부의 풍경, 마을 사람들의 행동 하나하나가 더 관심을 끌고 있다. 그래서 이날 저녁에는 아예 알베르게 앞에 있는 의자에 앉아 두 눈에 불을 켜고 있었다.

내가 신기한지 순례자 할아버지가 어디서 왔냐고 묻는다. 그리고 기초적인 영어들을 이용해 잠시 대화를 나눴다. 어느 순간 할아버지가 "학생이야?"라고 물었다. 그 순간, 깜짝 놀랐다. 한국을, 아니, 정확히 오기 전에 걱정했던 일들을 까맣게 잊고 있다는 걸 기억해낸 것이다. 떠나기 전에 참 많은 걱정거리가 있었다. 저거 해야 하는데, 하는 그런 것들로 떠나려는 발걸음을 잡아끄는 것들이 많았다.

더군다나 후회하면 어쩌나 하는 걱정도 컸다. 하지만 이 길에서 내가 떠난 것을 후회한 적이 있던가? 그제야 기억해낸 걸 보면 후회 같은 건 없었던 셈이다. 게다가 그 고민들은 또 어떻고? 그렇게 심각하게 고민했다는 것이 우습기만 했다. 정말 왜 그랬을까? 에스테야 거리에서 기분 좋게 한참을 웃었다. 무모한 여행은 그렇게 이어지고 있었다.

8

9월 15일: 유난히 눈이 아팠던 산티아고 가는 길

왼쪽에서는 포도주가, 오른쪽에는 물이 나온다

산티아고를 향해 걷다보면 몇 시간 동안 마을을 볼 수 없는 경우가 많다. 그러다보니 노상방뇨는 필수다. 그래서인지 걷다보면 숲에서 누군가 등장하기도 하고, 때로는 길이 아닌 곳으로 뛰어가는 사람도 많다. 그건 드림팀도 마찬가지. 우리는 서로 당황하지 않기 위해 암호를 정했다. 바로 "삐삐!"라고 외치기로. 그냥 사라져서 서로 찾느라 몇 번 우스꽝스러운 경험을 했던 탓이다.

오전 7시에 알베르게에서 나와 한참을 걷다가 "삐삐!"를 외치고 숲 속으로 들어갔다. 그런데 이게 웬일인가? 저 먼 곳에서 쓸 만한 나무 막대기가 보였다. 양쪽 끝이 뾰족해 불편하기는 했지만 어쨌거나 물집 때문에 걷는 게 힘들었던 나로선 그야말로 보물을 얻은 셈이다.

마이키와 알랑

　자연에서 얻게 된 지팡이를 소개하자 친구들이 감탄했다. 여행 전문가 매튜는, 자연의 지팡이는 길이가 안 맞거나 무거워서 불편한데 내가 구한 건 아주 적당하다고 설명했다. 그래서 이번에도 "어메이징!" 타령을 멈추지 않는다.

　길을 걸으며 이별에 대한 이야기를 전했다. 말하면서도 준비부족을 탓해야 했다. 가고 싶어만 하던 난 비행기 티켓을 상당히 급하게 구했고 그 때문에 이것저것 따질 겨를이 없었다. 그래서 구한 티켓은 유효기간이 한 달이었다.

　스페인과 프랑스 사이에서 이동하는 것까지 계산해보면, 산티아고 걷는 길은 최대 26일 정도라는 이야기다. 그래서 로그로뇨에서 레온까지 버스를 타고 이동해야 산티아고에 도착해서 무사히 돌아올 수 있었다. 이야기하는 데 마음이 무거웠다. 어차피 완주라는 것이 한 순간이 아니라 평생을 거쳐 이뤄지는 만큼, 걷지 못한 길은 다음에 다시 오면 되는 것이었다. 그래서 그런 건 신경 쓰이지 않았다.

문제는 드림팀과 헤어져야 한다는 것이었다. 생각해보면 겨우 며칠 같이 지낸 건데, 왜 그렇게 아쉬운 걸까? 가뜩이나 마음이 아련해지는데, 비까지 추적추적 내려 걷는 것이 쉽지 않았다.

◎ "정, 파스타를 가르쳐줄게"

알베르게 풍경

21km를 걸어서 목적지인 로스 아르코스에 도착한 시간은 오후 2시 30분. 마을도 깨끗하지만 알베르게도 깨끗해 마음이 흡족하다. 하지만 햇볕과 비구름이 번갈아 하늘을 지배해 마냥 좋아할 수는 없었다. 빨래를 말릴 수 없기 때문이다.

들고 다니는 배낭 가방의 무게를 생각하면 옷을 적당하게 준비할 수밖에 없다. 나 같은 경우는 최대 3일치였다. 그런데 이틀분이 마르지 않은 상태였다. 만약 내일까지 이런다면? 맙소사!

땀과 비에 젖은 티셔츠를 또 입어야 한다. 정말, 맙소사! 사람들

과 이야기를 나눈 뒤 내게 가장 필요한 것, 바로 다용도 칼과 손전등을 구입하기 위해 마을로 들어갔다. 다용도 칼이 필요한 이유야 두 말하면 잔소리다. 길에서 바게트를 먹을 때, 특히 그 안에다 뭔가를 집어넣을 때 아주 도움이 된다.

손전등도 마찬가지. 이곳은 해가 유독 늦게 뜨는지라 오전 6시 전후에도 알베르게에 불이 켜지지 않으면 짐이 제대로 보이지 않는다. 그러면 다들 손전등을 사용하는데, 준비부족이었던 나 혼자만 라이터에 의지해 생활하고 있었다. 라이터도 나름대로 쓸 만했지만 손을 몇 번 덴 후 손전등을 사기로 한 것이다.

알베르게를 나간 시간은 오후 4시. 아뿔싸! 또 시에스타다. 새삼 느끼는 것이지만 이 사람들은 정말 속 편하다. 성과 없이 돌아오는 길, 마이키가 파스타를 가르쳐주기로 했다. 파스타 만드는 걸 배우면

돈을 상당히 아낄 수 있다는 것을 아는지라 아주 반가웠다. 팔푼이처럼 입에서는 연신 "앗싸!"만 나온다.

◎ "서울은 여행하기 좋아?"

알베르게 부엌에서는 세계의 요리를 감상할 수 있다.

알베르게에 붙은 마을지도에서 우체국 위치를 찾고 있을 때였다. 전날 내 보디랭귀지에 까무러쳤던 장발의 이탈리아 아저씨가 와서 인사한다. 어디서 왔느냐고 묻는다. 한국이라고 했더니 서울을 이야기한다. "오호!" 하고 반가워하던 내게 궁금했다며 묻는다. 서울도 여행하기 좋으냐고.

대답을 하려니 막상 입이 떨어지지 않았다. 서울이 여행하기 좋은 곳인가? 서울 곳곳을 많이 다녀봤지만 그건 여행 목적이 아니었다. 그래서 잠시 여행지로 어떨까 생각해봤는데, 이번에도 입이 안 떨어진다. 이곳을 걷는 사람들이 단순히 유명한 장소를 보러 오는 게 아니라는 것을 알기에 더 그랬다. 서울에서 뭘 할 수 있을까?

결국 "미안해, 나도 서울을 여행해본 적이 없어." 라고 말했다. 이탈리아 아저씨, 상당히 의아한 표정이다. 그래서 활짝 웃어줬다.

"메이비, 서울, 베리 굿!"이라는 말도 해주고. 그럴 것이다. 내가 몰라서 그렇지, 서울도 서울만의 운치가 있겠지. 스페인 마을에서 서울여행을 결심했다. 참, 엉뚱하게도.

◈ 도대체, 왜?

저녁 시간. 만찬이 벌어졌다. 만찬이라고 해봤자 레스토랑에 비하면 별 것 아니겠지만 그곳에서는 흉내 낼 수 없는 정성이 가득 담긴 만찬이었다. 그런데 알랑은 먹는 와중에도 자꾸만 부엌을 오갔다. 도대체 왜 그러는가 싶었는데 알고 나서 깜짝 놀랐다.

전에 내가 좀 익숙한 샌드위치를 먹어보고 싶다고 말한 적이 있다. 생선과 빵을 함께 먹는 등 먹기 전에 상당한 결심을 해야 하는 게 우스꽝스러워서 무심코 한 말이었다. 그런데 알랑은 그걸 기억했던 게다. 아! 내 앞에 나타난 건 오믈렛을 넣은 바게트와 삶은 감자들이었다. 그 옆에는 또 다른 친구들이 준비한 빵과 초콜릿들도 있다.

"정, 포 유(for you)!"라는 말을 들었을 때, 눈앞이 부옇게 흐려졌다. 도대체 왜? 만난 지 얼마나 됐다고? 우리가 함께 한 건 고작 며칠인데 왜 그렇게 잘해주는 거예요? 다들 뭣 때문에? 나는 해주는 것도 없는데? 아파서 짐만 되는데.

화장실에 간다는 핑계로 일어났다. 그 와중에도 나를 아는 사람들은 내게 발이 괜찮은지 물었고 내가 음식 만드는 것을 구경했던

포와 브라이어닝 모녀가 자신들의 것을 먹고 가라고 나를 잡는다.

밖으로 나오자 '도대체 왜?' 라는 말만 떠올랐다. 정확한 이유는 알 수 없다. 고작해야 함께 걷는다는 것뿐이다. 그래도 논리적으로는 설명이 안 된다. 도대체 왜? 겨우 그것 때문에? 언제 지킬 수 있을지 모르겠지만, 난 결심했다. 당신들에게 받은 것들, 내 도움이 필요한 사람들에게 나눠줄게요. 꼭 그럴게요! 뜨거운 것 참아내느라 유독 눈이 아픈 날이었다.

9

9월 16일: 스페인의 축제를 온몸으로 경험하다

오전 7시에 로스 아르코스의 알베르게를 나왔다. 이날의 목적지는 로그로뇨. 약 28km를 걸어야 한다. 가는 길은 어렵지 않다. 특히, 포도밭이 많기에 다들 싱글벙글하다. 매튜가 재밌는 제안을 했다. 그것은 로그로뇨에서 돈을 벌자는 것! 때가 때인 만큼 포도 따는 일을 도와주면 하루에 50유로는 받을 수 있을 것이라고 했다. 그야말로 장기 여행자다운 발상이었다. 언제쯤이면 나도 저런 사고를 할 수 있을까? 아직까지도 길거리에서 점심 먹는 것이 어색한 나로서는 매튜가 부러울 뿐이다.

한참을 걷는데 발이 허전한 느낌이 들었다. 고개를 숙여보니 신발 끈이 풀렸다. 대수롭지 않게 앉았는데, 아뿔싸! 신발 끈을 풀고

보니 끈이 세 개다. 잠시 망연자실. 신발 끈이 해어진 것이다. 헛웃음이 나왔다. 운동화가 없던 터라 떠나기 이틀 전에 산 신발이었다. 세상에 어떻게 이럴 수가 있지?

오후 3시가 넘어서야 도착한 로그로뇨의 알베르게는 외관도 깨끗할 뿐만 아니라 시설도 좋다. 부엌까지 있는데 가격은 3유로. 확실히 싸다. 우리는 다락방 같은 곳의 침대를 배정받고 올라갔는데 이럴 수가! 침대를 보고 번호를 확인한 순간, "오 마이 갓!"이 튀어나왔다. 침대가 다닥다닥 붙어서 일렬로 배치돼 있었기 때문이다. 사실 그 자체는 별다른 문제가 아니다. 문제는 내 뒤에 따라오는 순례자가 아름다운 아가씨라는 것!

상황 파악한 드림팀 멤버들, 나를 향해 "럭키 가이!"라고 말하며 입으로 괴상한 소리를 만들어낸다. 그 와중에 아가씨는 나를 향해 윙크를 한다. 전혀 상상해본 적이 없는 일이었다. 머나먼 땅에서 외국 아가씨와 나란히 붙어 자는 일이 생길 줄이야! 아니지. 이 신성한 길에서 내가 무슨 상상을 하는 건가?

◈ 파스타에 도전하다. 그런데?

드디어 그날이 됐다. 바로 파스타를 만드는 날! 사실 경비를 아낄 요량으로 한국에서 배워볼까 했었는데 설명이 복잡해서 포기했던 터였다. 그런데 마이키가 알려주는 요리법은 의외로 간단하다. 라면 끊이는 것보다 간단하다는 생각이 들 정도. 요리에 소질 없던 나도 잘 해낼 수 있을 것 같았다.

가족이 함께 순례길에 오른 경우도 많다.

슈퍼에 다녀오자마자 마이키의 강의를 열심히 듣고 따라한 끝에 마침내 완성 직전에 이르렀다. 갓 구입한 토마토 소스만 뿌리면 되는 상태! 다들 호기심 어린 눈빛으로 동양인이 만든 파스타를 구경하고 나는 그 눈빛을 받으며 소스 뚜껑을 열었다. 그런데 맙소사! 나는 할 말을 잃었고 멍하니 마이키를 쳐다봤다.

마이키가 왜 그러냐고 묻는다. 통의 안쪽을 보여줬더니 마이키도 말을 잃은 것 같은 기색이다. 다른 사람들도 그렇다. 주위가 고요해진다고 해야 할까? 내가 사온 것은, 토마토소스가 아니라 토마토였다. 토마토 그림이 있기에 고른 건데…. 얼굴이 홧홧 거려 고개를 들 수가 없다.

토마토와 파스타를 비벼 먹는 진기한 경험을 한 뒤, 우리는 감상에 젖었다. 이제 곧 헤어져야 하기 때문이다. 매튜와 마이키는 이곳에서 포도 따는 일을 하고 알랑과 스요시는 순례 길을 계속 따라가기로 한단다. 이야기를 들으며 이제 이별이라고 생각하는데, 이럴 수가! 모두 산티아고 이후의 일정을 이야기했는데 뜻밖에도 스요시와 마이키가 가고 싶어 하는 곳이 똑같다. 그곳은 바로 모로코!

모로코가 아프리카에 있다는 것만 아는 나로서는 그곳이 좋으냐고 물었다. 왜 가냐고도 물었다. 그랬더니 이들, 흥분해서 알려준다.

영어가 통하고 물가가 싸며 여행하기에 비교적 안전하고 사막도 볼
수 있다고 한다.

그들의 설레는 얼굴을 보고 있자니 내 가슴이 다 울렁거렸다. 모
로코라? 나중에 이야기해줄래? 내가 갈 수 있도록 말이야. 이메일
주소를 적는 내 손은 떨리고 있었다. 한국에서는 들어보지도 못했던
사실에 숨이 가빠졌다. 또 하나의 목표가 생기는 순간이다.

🏛 도시가 취했다!

저녁 시간, 바에 갔던 매튜가 오더니 당장 나가자고 외친다. 축제
가 벌어지고 있다고 한다. 그렇다면? 산티아고 가는 길에 운이 좋으

도시가 취했다

면 스페인 축제를 경험할 수 있다고 하는데 이날 내게 그런 기회가 온 것이었다. 그렇지 않아도 슈퍼 가던 길에 길거리에서 사람들이 술 마시고 있는 걸 봤던 터였다. 호기심으로 따라 나섰더니 웬 스페인 젊은이들이 알베르게 앞에 서 있다.

매튜가 새로 사귄 친구라고 하는 이들, 그중에 파올라라는 여자가 나를 향해 축제에 대해 설명해준다. 그러나 대화가 제대로 될 리가 없다. 나는 보디랭귀지 위주인데 파올라는 술이 잔뜩 취한 터라 꼬부랑 언어가 더 꼬부라져 들려온다. 그런 탓에 엄청난 대화량과 보디랭귀지에도 불구하고 알아들은 것은 두 가지다.

첫 번째는 이 동네는 큰 축제가 일 년에 네 번 있는데 이 날 있는 축제는 포도 따는 것을 기념하는 대단히 큰 축제란다. 굳이 그녀가 강조하지 않아도 축제의 규모를 짐작할 수 있었다. 거리로 나가는 순간, 도시가 취했다고 느꼈기 때문이다. 바 앞에서는 사람들이 술잔을 들고 춤을 추고 있고 큰 거리에서는 남녀노소 상관없이 들뜬 얼굴이 가득했기 때문. 사방에서 술 냄새가 풍겨오는 것은 물론이고 나를 보는 사람들의 눈동자가 다들 풀려있으며 모두 헤헤 웃고 있다. 취해도 단단히 취한 셈이다.

두 번째로 알아들은 것은, "아 유 레디?"였다. 파올라가 바 앞에서 내 어깨를 짚으며 그 말을 하기에 "뭘 레디해?" 했는데, 아아, 맙소사! 파올라가 날 밀었고 난 그대로 바로 끌려들어갔다. 그곳에서 나를 기다리는 것은?

고막이 찢어질 것 같은 음악 소리, 흥청망청 노는 사람들, 바삐 움직이는 술병들, 춤추느라 바쁜 몸들…. 그곳에는 이미 낯익은 순례자들이 한 자리 잡고 있었고 어느 틈엔가 그들 속에 있는 내 손에도 맥주병이 들려 있었다. 서리하던 포도들을 위해 춤추고 마셔야 하는 날이었다. 알베르게가 밤10시에 닫힌다는 사실이 안타까웠던 시간들 덕분에 무모한 여행은 그렇게 반짝이고 있었다.

축제를 즐기는 사람들

10

9월 17일: 돈 털어가는 집시?
사실은 천사가 아니었을까?

로그로뇨의 알베르게를 나선 시간은 오전 8시. 문을 나서자마자 콧등이 시큰거렸다. 고작 열흘 남짓 함께한 사람들과 헤어지는 것에 이런 감정을 느낀다는 것이 믿기지 않았다. 하지만 그보다 더 믿기지 않는 건, 어쩌면, 아마도 그럴 확률이 높겠지만 드림팀의 멤버들을 다시는 볼 수 없을 것이라는 사실이었다.

스요시와 마이키, 매튜와 알랑, 그리고 내가 둥글게 서서 악수를 나눴다. 그 안에서 고마웠어요, 땡큐, 메르시, 아리가또 등의 말들이 오고간다. 같은 뜻에도 이렇게 언어가 다양하다는 것을 새삼 느꼈다. 하지만 그런 문제를 넘어서 마음이 우선한다는 것이 와 닿았다. 표정을 봐도 눈빛을 봐도.

터미널로 가야 하는 만큼 내가 먼저 돌아서야 했지만 발길이 쉽게 떨어지지 않았다. 하지만 각자 가야 하는 길이 있다는 걸 알고 있고 그 길에 따라 헤어지는 친구들에게 활짝 웃어주는 것이 내가 해야 할 일이라는 것도 알고 있었다. 그래서 "부엔 카미노!"를 말하고 돌아섰다. 그들도 똑같이 외쳤다. 다시 혼자가 되어 걷는 것이다.

감상에 젖어 거리로 나오자마자 당황했다. 술 냄새가 진동하는 것은 물론이거니와 아침까지도 술 마시는 사람들이 많았기 때문이다. 그들의 체력에 감탄하면서 전날 얻었던 도시 지도를 꺼냈다. 터미널 위치는 어렵지 않게 찾았다. 그런데 가는 길이 꽤 헷갈린다. 평소라면 지나가는 사람들 붙잡고 물어볼 텐데 이날은 일요일 아침이며 또한 축제 다음날이라 그런지 정상적인 사람들이 보이지 않았다.

지도에 적힌 스페인어들과 거리 이름을 비교하고 끙끙거리는데 저 옆에서 술병 들고 있는 남자들이 달려왔다. 다른 볼일이 있겠거니, 하고 신경 안 썼는데 그들이 나를 둘러싼다. 맙소사, 얼마나 깜짝 놀랐는지! 당황한 나에게 그들이 "쌀라쌀라" 하며 말을 건넨다. 당연히 알아들을 수가 없어서 난감한 표정을 지었더니 손으로 내가 걸어온 길을 가리키며 "산티아고!" 라고 말한다.

이런 세상에! 또 한 번 놀라는 순간이다. 산티아고 가는 길은 이쪽이 아니라고 말해주러 일부러 달려왔다는 말인가? 믿을 수 없었지만, 사실이었다. 그들의 도움을 받아 터미널 가는 방향을 찾아냈다. 그렇게 얼마나 걸었을까? 도시 외곽으로 의심되는 풍경이 눈에 들어온다. 그 사이 거리에는 시민들이 꽤 불어났기에 터미널을 물었더니 내가 온 방향을 가리킨다. 설마? 다시 시작점으로 왔다. 이곳에서 다시 물었더니 온 길로 다시 가란다. 도대체 뭐지? 세 번을 왔다 갔다 해야 했다.

◈ 처음으로 이용한 스페인의 대중교통

그런 식으로 걷는 것은 몸과 마음을 더욱 지치게 만든다. 그래도 포기할 수는 없는 지라 지나가던 아줌마 두 명을 붙잡았다. 그런데 이번에도 대답이 똑같다! 답답한 마음에 손짓을 섞어가며 세 번을 왔다 갔다 했다고 설명했다. 그녀들이 이해한 모양인지 고개를 끄덕거린다. 그러더니 손을 하늘로 번쩍 올린다. 이건 또 뭐지? 내 눈은 자연스레 그곳으로 향했다. 그곳에는 신호등이 있었다. 무슨 뜻인가, 하고 아줌마를 봤더니 아줌마가 생각을 하다가 손바닥을 활짝 펴더니 오른쪽으로 가리킨다.

이 보디랭귀지를 해석해보면, 신호등 다섯 개가 나타나는 지점에서 오른쪽으로 돌라는 뜻이었다. 그때부터 신호등 숫자만 세면서 걷

시에스타가 시작되면 이 모든 것을 정리해서 재빨리 문을 닫는다

고 그곳에서 오른쪽으로 돌았다. 커다란 나무판이 내 앞을 막고 있다. 이미 지나치면서 봤던 공사현장이었다. 혹시나 하며 아줌마 말을 믿고 그쪽으로 가봤다. 아뿔싸! 공사현장 끝에 터미널 입구가 있었다. 웃음이 피식 나왔다. 혼자 걷는 신고식을 톡톡히 치른 셈이다.

안도의 한숨을 쉬며 로그로뇨 터미널에 들어선 순간, 이번에는 막막함이 밀려왔다. 버스표를 어떻게 구해야 되지? 아니, 어떻게 말해야 하지? 이 사람들은 온통 스페인어만 할 텐데? 부들거리는 발걸음으로 '레온' 이라는 글자만 찾았고 그곳으로 갔다. "레온!" 이라고 외쳤더니 창구 안의 아줌마가 "쏼라쏼라" 한다. 어차피 알아들을 것이라는 기대를 안 한 터라 종이와 볼펜을 내밀었다.

아줌마는 친절하게 버스 시간과 비용 그리고 도착 예정 시간 등을 적어주며 긴장한 기색이 역력한 동양인에게 웃어준다. 안도의 한

숨을 쉬고 보니 출발시간이 다들 3시 이후다. 왜지? 혹시 아침부터 낮 시간까지 걷는 순례자들 때문에? 생각해보면 이곳까지 걸어오면서, 특히 도로를 걸을 때도 시외버스를 본 적이 없었다. 게다가 다른 도시로 가는 버스는 많이 보이는데 유독 레온 방면만 새벽 아니면 오후였다는 것이 내 추측을 확신시켜줬다. 확인해볼 겸 용기를 내서 인포메이션센터에서 보디랭귀지로 이것을 물어봤다. 하지만 직원이 스페인어만 잘하는지라 훗날을 기약해야 했다.

◎ 집시 할머니 아냐?

버스 시간이 가까워질 무렵, 터미널 구석에 앉아 있던 흑인 할머니가 산티아고를 가는 길이냐고 묻는다. 그렇다고 했더니, 무슨 티켓을 샀고, 비용은 얼마이며, 시간은 언제인가, 하는 것을 연이어 묻는다. 옆 사람과 대화를 하는 것을 보니 스페인어도 잘하는 것 같은데 굳이 나에게 물어보는 이유는 무엇인가? 대답을 하면서도 의구심이 들었는데 이 할머니가 이상한 말을 했다. "너처럼 나도 그거 사야겠다."는 것이었다.

도대체 무슨 이유로? 보자기를 든 것만 보니 산티아고 가는 것도 아니었다. 그렇다면 왜? 문득 머릿속에서 순례자들에게 들은 이야기가 떠올랐다. 그것은 바로 집시에 관한 것! 어린애들은 지갑을 감쪽같이 훔치고, 젊은이들은 길을 알려준다며 접근하고, 노인들은 관광객들에게 이상한 약이 든 음료수를 먹이고 돈을 훔쳐간다는 것이었다. 한마디로 방심하면 머나먼 외국 땅에서 빈털터리가 되어 한국 대사관을 찾아야 한다는 말이었다.

물론 그들의 설명은 마드리드와 바르셀로나를 관광할 때로 국한된 것이었다. 그러나 내 상상은 이미 최악으로 흘러가고 있었고 결국 지팡이를 꼭 쥔 채 할머니를 경계하고 됐다. 할머니와 함께 버스에 올라탔을 때, 할머니 자리는 앞이고 나는 뒤쪽이라는 것에 내심 감사할 정도였다.

그렇게 2시간이 흘렀다. 운전사가 마이크를 붙잡고 "쏼라쏼라" 하는데 부르고스, 라는 단어만 알아들었다. 이미 티켓을 보고 버스가 부르고스를 지나간다는 걸 알고 있던 터라 그러려니 했다. 한참 후 버스가 다시 출발하려는 진동소리를 들으며 잘 생각으로 눈을 감

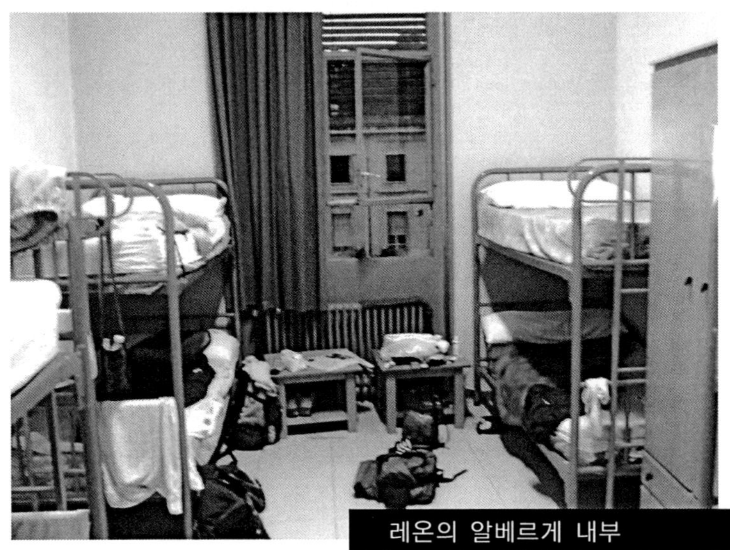

레온의 알베르게 내부

았다. 그때 버스 밖에서 누군가 고래고래 고함을 질렀다. "너, 갈아
타야 돼!"라는 요지의 말이었다.

　누가 이렇게 소란을 피우나 하고 눈을 떴다. 흑인 할머니였다. 그
녀는 밖에서 나를 보고 있었다. 그때서야 내가 타고 있는 버스 앞에
버스가 또 있다는 걸 알았다. 할머니가 왜 내렸지, 하는 순간! 헐레
벌떡 뛰어야 했다.

◎ 그 분은 천사가 아니었을까?

　레온의 알베르게에
도착한 순간에도 생각하
면 부르고스에서의 일만
떠올리면 소름이 돋았
다. 만약 버스를 갈아타
지 못했다면? 그 할머니
가 귀찮아서 알려주지

않았다면? 도대체 나는 어디로 흘러갔을 것인가! 무모한 여행을 시
작한 가장 아찔한 기억이 아닌가 싶다. 그런 만큼 할머니에게 미안
했다. 도대체 나는 왜 그런 엉뚱한 생각을 했던 걸까?

　생각해 볼 것도 없었다. 흑인이라는 것 때문이었다. 부끄럽게도
그것이 사실이었다. 집시고 어쩌고 하는 것도 그것에서 출발한 것이

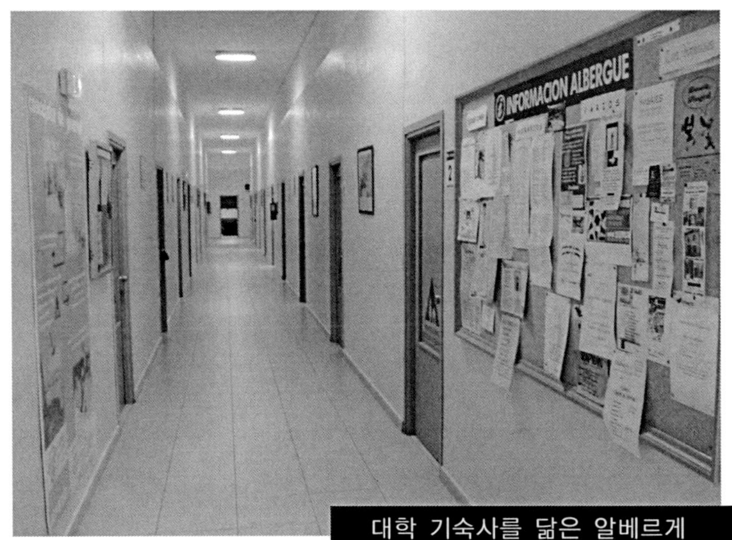

대학 기숙사를 닮은 알베르게

다. 흑인이 아니라 백인이었다면? 아마 그런 생각은 하지도 않았을 것이다. 하늘을 보는 것조차 창피했다. 쥐구멍에라도 도망치고 싶은 심정이라는 것이 무엇인지 그때만큼 느껴본 적도 없다.

하지만, 그런 곳으로 도망치면 안 되지. 다시는 이런 모습 보이지 않을게요. 도시 어딘가에서 하늘을 보고 있을 천사를 향해 인사했다. 고마워요, 할머니. 이런 것들 걷어내고 산티아고에 갈게요. 약속해요!

11

9월 18-19일: 스페인에서 공포체험을 하다!

아침 6시 40분, 레온 알베르게를 나서자마자 혼자 걷는다는 걸 새삼 깨달았다. 단순히 함께 걷던 드림팀과 헤어져서 그런 건 아니었다. 지나가면서 보는 순례자들이 모두 낯선 얼굴이기에 그랬다. 하지만 뭐 어떠랴. "올라!"와 함께 서로 친해져간다.

그럼에도 문제는 있다. 몸이 오슬오슬 떨리는 것이 뭔가 이상하다. 물집이 좀 나아졌나 했더니 이번에는 감기 기운이다. 이런 사고뭉치 몸뚱이 같으니라고! 전속력으로 걸었다. 덕분에 오후 12시 40분, 레온으로부터 약 26km 떨어진 산 마르티노 델 카미노에 도착했다. 감기약을 먹고 자야한다는 것이 이날의 유일한 의지였다. 그리하여 하루치 감기약을 한 번에 털어 버리고 침대에 뻗어버렸다. 누가 보면 잠자리 온 줄 알았을 것이다.

◎ 저길 내가 가야 돼?

새벽 4시, 눈이 떠졌다. 워낙 많이 자기도 했거니와 내 위에 있던 할아버지의 코고는 소리가 천둥이라는 단어를 연상케 했기 때문이다. 너무 이른 시간인지라 억지로라도 더 잘까 했지만 계속되는 천둥소리에 놀라 그대로 알베르게를 나왔다. 나와서 뻐근한 목을 움직이다가 깜짝 놀랐다. 하늘에 별이 굉장히 많았다.

한국의 가평이었던 걸로 기억한다. 엄청난 별에 감탄했는데, 여기는 워낙 시골마을이라 그런지 밀도가 더 높다. 하늘에 별이 총총

산티아고 가는 길에 물을 뜰 수 있는 곳이 많다

히 박혀있다는 말이 무슨 말인지 깨닫는 순간이다. 하늘을 보며 기분 좋게 걸었다. 그런데 어라? 옆으로 돌아가라는 신호가 있다. 그건 문제가 아닌데, 문제는 옆이 '어둠의 숲' 이라는 것이다.

어둠의 숲! 손전등도 없는 나는 겁을 먹고 말았다. 사람도 무서워하지만 때로는 귀신 따위를 더 무서워하는 터라 몸이 얼어붙었다. 내가 저 길로 가야 돼? 아무 것도 없는데? 손전등을 갖고 있는 순례자가 온다면 같이 가기라도 하겠는데 시간이 워낙 이르다. 등에서는 땀이 흐르고 마른침만 삼키며 갈등했다.

가야 하나, 갈 수 있나 고민하는데 무슨 이유일까? 이럴 때면 상상은 꼭 최악으로 흐른다. 이제껏 봤던 공포영화들은 물론이거니와 머리만 날아다니던 처녀귀신이 유독 기억나는 전설의 고향 시리즈까지, 온갖 것들이 머릿속에서 동시다발적으로 무한 상영하고 있었다. 게다가 이건 또 뭔가? 웬 바람이 평소처럼 "휭~" 하고 부는 게 아니라 누군가의 웃음소리인 양 "으흐흐흐~" 하고 분다. "설마? 순례자의 길인데?" 라는 말로 스스로를 달래며 무거운 발을 억지로 뗐다. 그 와중에도 등줄기에서는 뭔가가 계속 흐르기만 한다.

긴장감 속에 한참을 걸었더니 새로운 복병이 나타났다. 그것은

바로 갈래길. 어두워서 신호가 보이지 않는다. 라이터로 이리저리
비춰봤지만 허사다. 여기서 해 뜨기를 기다려야 하는 건가? 그러기
에는 시간이 이르다. 그래서 결국 디카를 꺼냈다. 디카의 플래시를
터트리기로 한 것이다.

생각해보면 얼마나 어이없는 짓인가? 시골길에서 플래시를 터트
리며 가는 한국인의 모습이라니! 상상만 해도 우스꽝스러운 그것을,
직접 하면서 길을 찾았다. 어라? 길을 따라가니 아스팔트길이다. 한
숨 돌렸나 했더니 다시 숲길로 빠지고, 또 다시 플래시를 터트리며
갔더니 다시 아스팔트길이 나온다. 이 사람들이 진짜! 진작 아스팔
트 따라가라고 하면 됐잖아! 이때는 이미 두려움 따위는 없었다. 안
도의 한숨과 함께 투덜거림만 있을 뿐.

오전 8시에도 순례자 밖에 보이지 않는다

◉ 읽기만 가능해? 울랄라!

22km쯤 걸었을까? 외국인이 다가오더니 "반갑습니다." 라고 말한다. 무심코 "올라!" 라고 했던 나, 그제야 놀라서 봤다. 그의 이름은 밴, 전날 한국 여자 두 명을 만났다고 한다. 한국인이 있단 말인가! 게다가 밴은 그녀들이 내가 가려는 이날의 목적지인 아스토르가에 머문다고 알려줬다. 운이 좋으면 볼 수도 있겠거니 하고 생각하는 사이, 12시 30분에 아스토르가의 알베르게에 도착했다.

알베르게 이용료는 4유로. 시설이나 가격 등 여러모로 마음에 든다. 침대에 짐을 꾸리는데 전날 같은 알베르게에 있던 사람들이 말을 건다. 잠만 자는 동양인에게 궁금한 게 많았나보다. 그들과 웃으며 수다를 떠는데, 가슴속에서는 분노가 생기고 있었다. 그것은 어

느새 무럭무럭 자라난
물집 때문이다. 도대체
이 물집은 나한테 무슨
원수를 졌기에 이리도
괴롭히는 것인가?

호스피탈레로에게 받
은 주사기를 들고 알베

르게 앞에 있는 의자에 앉았다. '너 죽고 나 죽자!' 는 마음으로 주
사기를 찔렀는데 웬 고름 비슷한 것이 나온다. 이거, 무슨 일인지?
당황해서 멍하니 있는데 웬 할아버지가 말을 건다. 그의 이름은 장
마리. 프랑스인인데 나보고 영어 할 줄 아느냐고 묻는다. 정신이 없
던 나는 고개를 절레절레 흔들었다.

"그럼 스페인어는?"

"못해요."

"프랑스어는?"

"못해요."

"그럼 영어, 듣는 건 가능해?"

"아니요."

"쓰는 건?"

"그것도 어려워요."

"읽는 건?"

"그건 좀 되는 것 같은데요."

"울랄라!"

새삼 느끼지만, 이 사람들의 감탄사는 참 독특하다. 어쨌거나 이때부터 장 마리는 상당히 천천히 말한다. 의도한 대로다. 며칠 경험한 바로는 영어 한다고 하면, 말이 빠르다. 머릿속에서 의역하는 사이, 또 다른 정보가 들어와서 해석이 엉망진창이 된다. 그러나 못한다고 하면 천천히 말해준다. 한결 듣기가 수월하다.

"악기 배울래?"

"여기서요?"

"알베르게에서."

"진짜요?"

"그렇다니까. 5분이면 배울 수 있어."

"설마요?"

"진짜 5분이라니까. 관심 있으면 지금 들어와!"

장 마리는 그 말을 남기고는 알베르게로 당당히 들어갔다. 아! 정말 5분 만에 배울 수 있을까? 이건 과장광고 아닌가? 의구심을 갖는 사이, 음악소리가 들려온다. 리코더다. 신기한 마음에 알베르게에 들어갔더니 장 마리가 리코더를 불고 있다. 그 음악에 취해서일까. 고름 나오던 물집을 잊고 벽에 기대섰다. 단순한 곡이지만 박수를

칠 수밖에 없었다.

⬡ 유럽에서는 어쩔 수 없어! 일본인 아니면 중국인이야

마을에 나갔는데 아이들이 나를 보고 "치노!" 라고 외친다. 무슨 소린가 싶어 호스피탈레로에게 물어봤더니 중국인을 의미하는 것이란다. 웬 중국사람? 애들은 동양인을 일단 중국 사람으로 생각하는 경향이 있단다. 그렇다면 유럽인은 결국 동양인을 일본인이나 중국인으로 본다는 말이냐고 물었더니 그렇단다. 어쩔 수 없는 일이라며 웃는다.

저녁 늦은 시간, 문득 궁금해졌다. 그렇다면 그들은 평소에 한국을 어떻게 봤을까 하는 것이었다. 당장 물어볼까 했지만 만난 지 얼

알베르게 입구

마 안 된지라 듣기 좋은 말만 해줄 것 같았다. 그때서야 후회막심! 진즉에 이 문제를 생각했으면 얼마나 좋았을까? 그렇다면 친구들에게 물어볼 수 있었을 텐데….

하지만 뭐, 아직 남은 길은 300km 이상 남았다. 길도 충분하고 시간도 충분하다는 뜻. 그러니 새로운 과제거리를 반갑게 맞이하기로 했다. 물론, 기대한 만큼 좋은 대답이 나오겠지? 고른 숨소리를 들으며 혼자 피식 웃고 말았다. 아무래도 여행이 더 재밌어질 것 같은 예감이 들었다.

12

9월 20일: ‘러브 송’을 들려달라고?

　오전 6시 20분에 아스토르가 알베르게를 나서려는 순간, 입술부터 깨물었다. 발바닥 한복판에 자리 잡은, 고름 나오는 돌연변이 물집이 만만치가 않다. 잘못 밟으면 바늘에 찔린 것 같은 통증에 아찔해진다. 쉬어야 하는 걸까? 욕심을 내서 걸어보지만 이내 발목이 뻐근해진다. 걷는 자세 때문이다. 발가락에 힘을 준 채 걷다 보니 평소보다 두 배 세 배 무리가 간다. “죽겠구면” 하는 신세타령이 입에서 술술 흘러나온다.

길을 걷다 보면 어느새 일출이다

그럼에도 가는 길은 즐겁다. 처음은 스페인 아저씨 때문이다. 이름은 무헤르. 아내와 함께 걷는데 오직 스페인어만 할 줄 안다. 그런 아저씨가 내게 접근해오더니 "쏼라쏼라" 한다.

"농! 에스파뇰!"이라고 했더니, 그때부터 수업이 시작됐다. 무헤르의 스페인어 특강이었다. 특강이라고 해봤자 별것 없다. 무헤르가 사방을 둘러보며 단어를 알려준다. 나는 그것을 발음해 보고 무헤르가 교정을 해준다.

처음에는 이 아저씨가 왜 이러나 했다. 내가 이 단어들을 왜 알아야 하나 싶기도 했는데, 시간이 지날수록 무헤르의 마음을 알게 됐다. 무헤르는 내게 아무 단어나 알려주는 것이 아니었다. 교회, 횡단보호, 지팡이, 비, 바, 호텔, 물, 가방, 신호등 등으로 그것들은 산티아고 가는 길에 몇 번이고 말해야 하는 단어들이었다. 비록 그날 외운 것은 이글레시아(교회)밖에 없지만 마음은 꽉 차오르고 있었다.

13km를 걷다가 다시 바에 들렸다. 오전 중에만 세 번째로 들리는 것이다. 평소라면 하루에 한두 번 가는 바였지만 다리 때문에 쉴 곳이 보일 때마다 쉬고 만다. 가방을 내려놓자마자 으윽 하는 소리가 나온다.

이미 자리 잡고 있던 프랑스 할머니들의 시선이 내게 쏟아지는 걸 느끼고 어색하게 웃어 보였다. 그랬더니 할머니들이 동시다발적으로 "쏼라쏼라" 한다. 왜였을까? 그 말들을 들으며 문득 내가 깊은 산 속에서 새들의 아름다운 지저귐을 듣는 한가로운 나무꾼처럼 여겨져 피식 웃고 말았다.

말이 안 통한다는 것을 알았는지 할머니들이 보디랭귀지로 대화를 걸어왔다. "야, 가방 다시 메!", "왜요?", "일단 메라니까!" 라는 대화 끝에 시키는 대로 했다. 이럴 수가! 누군가는 뒤에서 내 가방을 힘주어 올리고, 양옆에서는 가방 끈을 꽉 조여 맨다.

그때야 알았지만 내 가방은 처질대로 처져 있었고, 그 때문에 더 힘이 들었던 것이다. 마이키에게 배운 프랑스식 감사 인사 자세를 취하며 외쳤다. "할머니들, 메르시 부꾸!"

21km 지점을 지나자, 라바날 델 카미노가 나타난다. 시간은 오후 12시를 막 지나는 참이다. 마음먹은 대로라면 5km를 더 가서 폰세바돈까지 가야 하는데 몸이 움직이지를 않는다. 걷는 자세 때문인가? 발바닥의 감각이 이상하다. 절뚝절뚝. 노를 젓듯 양손으로 지팡이를 잡고 걷는 괴상한 동작까지 취하고 말았다. 이 걸음이 특이하긴 특이했나 보다. 이상한 느낌에 돌아보니 할아버지들이 날 찍고 있다.

"괜찮아?"

"네. 트레 비앙(아주 좋다)이에요."

"진짜? 여기서 쉬어. 알베르게가 저기에 있어."

"아니요. 베리 굿이에요. 고마워요."

"좋아. 부엔 카미노!"

아, 솔직해야 하는 건데! 베리 굿은 무슨 얼어 죽을 베리 굿! 한 번만 더 물어봐 줬으면 못 이기는 척하고 따라갔을 텐데 결국 노 젓기 방법으로 계속 걸었다.

길이 의외로 험하다. 또한 계속 오르막길이다. 시간은 얼마나 지났을까? 이미 1시간이 지났는데 마을 같은 건 보이지도 않는다. 꽤 높은 언덕만 보인다. 저것만 지나면 나오겠지, 하고 올라가면 또 언덕. 저것만 지나면 나오겠지, 하고 기어가다시피 했더니 또 언덕이다. 멍한 정신으로 올라갔더니 그제야 저 멀리서 마을이 보인다. 시계를 봤다. 오후 3시가 넘었다. 5km 걷는데 3시간이 걸렸다는 것인가?

"이게 무슨 5km야!" 하며 욕이 나오는 순간, 발이 꼼짝을 안 한

다. 하늘이 노랗다는 게 이런 기분일까 싶었다. 끝이 바로 앞인데 왜 이러는 걸까?

지팡이에 기대서 한참을 그대로 서 있었다. 내 뒤에서 걸어오던 순례자가 내 옆에서 딱 멈췄다. 목석처럼 생긴 남자인데 물집 때문에 그러냐고 묻는다. 고개를 끄덕였더니 "슬로우, 슬로우, 슬로우, 슬로우." 라는 말만 반복한다.

잠시 후, 그 남자의 '슬로우' 라는 단어와 함께 다시 걸었다. 그렇게 하여 알베르게에 도착한 시간은 오후 4시 직전. 호스피탈레로가 주는 물을 벌컥벌컥 마시고 보니 그 남자가 보이지 않는다. 밖에 나가보니 그는 더 가려는 듯 계속 걷고 있다. 아주 슬로우, 슬로우하게. "부엔 카미노!", 그 말밖에는 할 것이 없다.

제발 러브 송을 들려줘!

사생결단! 이를 꽉 깨물고 고름 나오는 물집과 전쟁을 벌였다. 그래 봤자 주사기 들이미는 것이지만 뭔가가 쭉 빠져나가는 것 같은 그 아찔함이란! 발바닥이 다 얼얼하다. 언제쯤이면 물집 없이 자유로이 걸어갈 수 있을 것인가?

저녁은 이곳의 알베르게에서 차려준 것(7유로)으로 먹었다. 알베르게에서 아침 먹은 적은 있어도 저녁은 처음인지라 상당히 기대했는데, 이런! 파스타와 기름기 찰찰 넘치는 참치가 성을 쌓고 있고 그 위에는 익다만 계란프라이가 흐느적거리고 있다. 이걸 먹으란 말이야? 무심코 툭 건드려봤더니 성이 와르르 무너진다. 접시 위에는 그야말로 기름기의 홍수! 아아, 이 느끼함을 어찌 감당하란 말인가? 고개를 들고 보니 다들 잘만 먹는다. 신기한 사람들!

내가 앉은 테이블에는 스페인 아저씨 페르난도, 이탈리아 청년 안토니아, 그리고 연주가 장 마리가 함께 있다. 인터내셔널 테이블이라는 말이 나오기 마련. 사람들이 기다렸다는 듯이 북한에서 종교 믿으면 어떻게 되느냐, 너희 나라에서 교회 다니는

알베르게 풍경

사람이 정말 1%도 안 되느냐 등 참으로 엉뚱하면서도 정치적인 질문들을 던졌다. 몇 개 단어로 답변하느라 쩔쩔 맨 건 당연지사! 꽤나 애먹었다.

후식이 나올 때 페르난도가 놀라운 제안을 했다. 이런 기회가 흔치 않으니 국가의 노래를 부르자는 것이다. 그러면서 나를 마지막으로 배치한다. "지금은 널 위한 시간이야!"라면서. 시작은 스페인. 노

래가 우렁차다. 그 뒤로 다양한 노래들이 나오는데 다들 신명나다. 특히 프랑스는 장 마리가 악기를 갖고 있는 데다 할머니들이 화음까지 넣는 놀라운 재주를 선보여 단연 최고였다. 그리고 마침내 내 차례가 됐다. 애국가를 이런 곳에서 부르게 될 줄이야! 그건 문제가 아니다. 문제는 애국가라는 노래의 분위기였다.

긴장감 끝에 결국, 불렀다. 주위가 조용해진다. 다들 고개만 끄덕끄덕. 찬물을 뒤집어쓴 것 같은 적막함이 감돈다. 그때 페르난도가 내 눈을 뚫어지게 보더니 부탁한다. "너희 나라 러브 송도 불러줄래?" 라고.

러브 송? 우리나라에 러브 송이 있던가? 무지한 탓에 고개를 갸우뚱. 페르난도는 꼭 듣고 싶다며 난리고 장 마리와 안토니오는 손뼉부터 친다. 러브 송이 있었나? 아! 러브를 사랑으로 바꿔야 하는구

나. 사랑 노래가 있었나? 그렇다면, 사랑가? 내가 춘향전을? 가능할까? 불가능해! 혼자서 고민하는데 다들 계속 "플리즈!" 타령이다. 난감한 상황. "이~리~ 오~너~라! 업~고~ 놀~자!"를 해야 한단 말인가? 이들이 이해할 수 있을까? 그때 문득 떠오른 것이 있어서 목청을 가다듬었다.

"아리랑 아리랑 아라리요 아리랑 고개를 넘어간다 나를 버리고 가시는 님은 십리도 못가서 발병난다."

노래가 끝나자 박수가 쏟아진다. 다들 "뷰티풀!" 타령하며 엄지손가락을 치켜든다. 스페인 높은 곳에서 아리랑을 부를 줄이야! 아리랑이라는 단어에 이들이 이렇게 감탄할 줄이야! 유쾌한 시간이 흐르고 있었다.

옷 말리는 곳

13

9월 21일: 역시! 혼자는 쉽지 않다

이른 새벽, 이상한 소리에 잠이 깼다. 바깥을 보고 싶은 마음에 일부러 창문 옆에 있던 침대를 골랐는데 그 창문이 심하게 흔들렸던 것이다. 바람이 노하기라도 한 것인가? 뭔가 심상치 않았다. 다행스러운 것은 다리가 좀 나아졌다는 것이다. 별일 아니었지만, 마음 놓고 걸을 수 있다는 사실이 설레기까지 했다.

알베르게에서 아침을 먹고 7시 20분에 나섰다. 이른 시간은 아니지만 주위가 캄캄하다. 손전등이 없는 나는 착한 프랑스 할머니들과 함께 걸었다. 그래도 제대로 보이지 않으니 불편한 건 여전하다. 게다가 바람도 거세게 불고 빗방울도 떨어진다. 첩첩산중! 만만치 않은 길이지만, 그래도 신나게 걷는다. 발상태가 좋다는 것이 나를 흥얼흥얼거리게 만들고 있다.

🌸 김치찌개가 생각나!

이날의 목적지는 폰페라다로 정했다. 28㎞를 걸어야 하는데 가는 길이 어렵지 않다. 언덕을 넘을 때마다 마을이 보여서 물을 얻는 데 어려움도 없고 쉬는 데 불편함도 없다. 가는 길에 스페인어 특강을 해주던 무헤르를 다시 만났는데 여전히 스페인어 특강이다. 단어들만 주고받는 사이지만 그 고마움을 어찌 갚을까? 내가 발음을 잘하면, 곧바로 하이파이브! 이런 우리를 다른 사람들이 신기하게 본다.

비바람도 순례자들을 막지 못한다

12㎞를 걸을 때쯤, 비에 젖은 몸을 데워줄 겸 바에 들렀다. 조용히 커피를 마시는데 마을 사람이 어디서 왔냐고 묻는다. 한국인이라고 했더니 전날 한국인 여자 두 명과 일본인 여자 한 명을 봤다고 한다. 처음에는 그런가, 싶었는데 아뿔싸! 한국인 여자 두 명과 나는 만나지 못했더라도 아스토르가에서 같은 날 출발했다는 것을 알고 있다.

그런데 전날 나는 25㎞를 걷고 헉헉거렸는데 그녀들은 이곳에 머물렀거나 지나갔다는 말이니, 최소 37㎞를 걸었다는 말이 아닌가? 우와! 감탄하면서 부러워할 뿐이다. 한국 낭자들의 발걸음이 언제나 신명나기를!

그동안 나는 바에서 커피나 맥주 정도만 마셨다. 그런데 이날따라 유독 프랑스 할아버지들이 먹는 샌드위치에 눈이 간다. 나도 먹어볼까? 아침을 먹은 상태지만 목구멍은 자꾸만 꿀꺽 꿀꺽 한다. 몸

이 괜찮아지니 덩달아 식욕까지 늘어난 것인가? 일하는 아가씨에게 하나 달라고 했다. 친절한 아가씨가 웃으며 건네주고 나는 기분 좋게 받았는데, 그만 기름기로 무장이 돼 있다.

샌드위치를 감싸는 포장지는 이미 진득진득! 한국에서는 기름기 빼는 것이 유행이건만 이곳은 반대인 것인가? 이걸 어떻게 먹어야 하나, 싶어 난감해하는데 옆에 있던 할아버지들, 손짓으로 먹는 방법을 알려준다. 몰라서 그런 건 아닌데…. 군말 없이 따라했다. 유난히 얼큰한 김치찌개가 생각나는 순간이었다.

◎ 혼자선 쉽지 않다

홀로 걸을 때의 어려움은 예상치 못한 곳에서 온다. 첫 번째는 비가 올 때다. 외롭다는 느낌? 아니다. 혼자라는 것을 느낄 때는 우비를 입을 때다. 커다란 것인지라 입고 나서 가방 쪽을 따로 만져줘야 하는데 여간 불편한 것이 아니다. 드림팀과 걸을 때는 서로 해줬지만 혼자일 때는 몸을 이리저리 뒤틀며 해야 한다. 그나마 지나가던 순례자라도 있으면 좋으련만, 이럴 때는 보이지도 않는다.

하지만 그것보다 더 혼자임을 자각하는 건, 길을 잃을 때다. 함께 걸을 경우 이상하다 싶을 때 서로 상의해서 발길을 돌리면 된다. 하지만 혼자라면, 지나친 자신감으로 무장하거나 혹은 자신의 선택이 옳다고 믿게 돼서 더 늪에 빠지게 된다.

이날도 그랬다. 기분 좋게 산길을 걷는데 어느 순간부터 사람들이 보이지 않는다. 뭐가 어떻게 된 걸까? 돌아서야 하는 건데 저 멀리서 마을이 보인다는 이유로 그냥 걸었다. 그런데 자꾸만 이상한 언덕으로 올라간다. 뭔가가 이상하다, 싶은 순간, 아뿔싸! 길이 막혀있다.

　방법이 없는 건 아니다. 무리를 한다면 상당히 경사진 비탈길을 내려가면 된다. 하지만 비가 오는 이 마당에? 돌아가서 길을 찾아야 하는 것이 정답이지만 그

마을 입구

럴 체력은 없었다. 그래서 에라, 모르겠다는 심정으로 내려갔는데 낭패다. 유럽에도 가시나무가 있다는 사실을 왜 몰랐을까?

　큰길에 도착하고 보니 반바지를 입었던 탓에 무릎 아래쪽은 따갑다 못해 얼얼하다. 내 비닐우비도 갈기갈기 찢어진 상태. 그래도 저곳을 내려왔다는 사실에 뿌듯해하며 홀로 터벅터벅 걷는데 내 입장에서 보면 엉뚱한 길에서 순례자들이 나타난다. 서로 어색하게 보는 상태.

　나는 멋쩍게 웃으며 "부엔 카미노!"를 외쳤다. 그런데 그들이 내게로 다가온다. 왜 그러나 싶었는데 내 우비에 들러붙은 가시나무들을 떼 준다. 아, 내가 이러고 걸었단 말인가! 역시, 혼자는 쉽지 않다!

　어처구니없게도 도시에 들어선 뒤에도 또 길을 잃었다. 알베르게 표시판을 보지 못한 탓에, 도시 변두리까지 갔다 온 것이다. 비까지 억수로 쏟아지는 마당이니 몸은 지칠 대로 지친 상황. 게다가 스스로가 한심한지라 속에서는 열불이 났다. 당장이라도 지팡이를 내던지고 싶지만, 노 젓기 걸음을 해야 하는지라 힘겹게 걸어간다.

　그런데 이 무슨 일인가. 신호등이 없는 횡단보도에서 놀라운 일을

거리 풍경

계속 경험하게 된다. 그것은 차들이 먼저 멈춘다는 것이다. 처음에는 왜 저러나 싶었다. 그도 그럴 것이 어린 시절, 파란 불이 켜졌을 때도 무작정 우회전 해 들어오는 차량들 때문에 교통사고를 당한 적이 여러 번인 터라 파란 불이 켜져도 늦게 출발하는 것이 내 버릇이다.

여기서도 마찬가지. 그런데 이곳에서는 신호등이 없어도 차들이 먼저 멈춘다. 내가 횡단보도와 멀찍이 떨어진 곳에서 걸어가고 있어도 그렇다. 당황해서 운전자를 보면 운전자가 웃으며 손짓한다. 경험하면서도 믿을 수 없었다.

스페인 사람들이 친절하다는 이야기는 들어본 적이 없었다. 헤매고 헤맨 끝에 오후 5시, 알베르게에 도착해서 원래 그러냐고 물어봤다. 아니란다. 그럼 도대체 왜? 호스피탈레로가 내 지팡이와 조개껍데기가 매달린 가방을 향해 손짓한다. 이것 때문에? 단지 순례자라는 이유로? 믿을 수 없는 일이다. 하지만 믿을 수밖에 없다. 그래, 이 길이 안전하다고 하는 건 이유가 있구나.

그 순간 문득, 내가 산티아고 간다고 했을 때 부럽다고 했던 여자 친구들이 떠올랐다. 그녀들은 여자 혼자 떠나는 여행이 걱정돼서 가고 싶어도 못 간다고 했다. 그때는 나도 막연하게 그렇다고 생각했다. 하지만 생각이 바뀌고 만다. 아! 나는 외치고 싶다. "애들아, 여기는 괜찮아!"

🌼 역시 여행준비는 철저히 해야 한다

함께 길을 잃었다가 얼굴을 익힌 영국인 마이크와 투덜거리며 배정받은 침대를 찾아갔다. 드디어 쉴 수 있다는 기쁨에 가방을 힘껏 내려놓았다. 그런데, "찌직!" 하는 소리가 들린다. 설마 내 가방? 벌렁거리는 가슴으로 가방을 주의 깊게 살펴봤다. 맙소사! 오른쪽 어깨 끈 위쪽이 뜯어진 상태다. 생각지도 못한 일! 이를 어찌해야 하나? 얼굴이 시뻘게지고 만다.

마이크는 가방의 무게를 왼편으로 쏠리게 하라고 충고한다. 남은 기한은 8일 정도니 그렇게 하면 버틸 수 있을 것이라는 것이다. 맞는 말이다. 맞는 말이기는 한데 그래도 걱정은 된다.

비가 올 때는 어쩌지? 이미 우비라기보다는 커다란 비닐 쪼가리라고 말해야 할 그것이 이걸 막아 줄 수 있을까? 설사 막아준다 해도

무게를 무리하게 옮겼다가 왼쪽도 찢어지면? 그뿐만 아니라 물건을 도둑맞을 위험도 있다. 이런 상황에서는 가방을 잠그는 열쇠 같은 것도 무용지물일 뿐이다. 누구라도 마음만 먹는다면 조금만 더 찢어서 손을 쑥 집어넣으면 되는 것이 아닌가?

울랄라, 울랄라! 이럴 때는 정말 어떻게 해야 하는 거야? 옛말 하나 틀린 것 없다더니 역시 그랬다. 유비무환이구나. 떠나려는 이들이여, 언제나 명심하시길! 여행준비는 철저할수록 좋다. 스스로에 대한 한심함과 미래에 대한 불안함 때문에 밤늦게까지 뒤척거려야 했다.

14

9월 22일: 이거 '냠냠'해도 돼요?

북적거리는 알베르게에서 아침을 먹고 나온 시간은 6시 40분. 세상은 아직 캄캄하다. 새삼 느끼는 것이지만 스페인은 해가 늦게 뜨고 늦게 진다. 해를 피해 걸어야 하는 순례자들에게는 확실히 좋은 일이다.

이 날의 목적지는 팔라스 드 레이다. 24km를 걸어야 하는데 이 길을 걷는 것이 유난히 재밌다. 왜 그런가 하면 포도밭 천지이기 때문이다. 여기저기서 안 보이던 사람들이 두더지 게임의 그것들처럼 쏙쏙 일어나는데 그걸 보는 재미도 즐겁고, 보면서 포도 따먹는 재미도 쏠쏠하다.

그런데 이게 무슨 일일까? 해님과 빗님이 내기라고 하시는가? 비가 내려서 긴 옷을 입으면 해가 뜬다. 옷을 벗으면 다시 비, 옷을 입으면 다시 해가 뜬다. 참으로 변덕스러운 날씨! 아예 점심을 먹을 생각으로 자리를 잡은 뒤에 운수를 빌어볼 겸 바나나 조각을 던지며 "고수레~"를 외쳐보지만, 소용없다. 되레 비만 쏟아진다. 이제는 형체조차 알아볼 수 없는 비닐우비를 꺼내야했다.

길을 걷다보면, 땅만 보며 걸을 때가 있다. 그러다보면 문득문득 놀라고 만다. 여기 외국 맞는지 하는 생각이 새삼 든다. 길은 참 똑같다. 진흙길도, 숲길도 심지어 아스팔트길도 내가 사는 동네와 별반 다른 게 없다. 그런데 왜 그 위에서 벌어지는 일들은 이렇게 다른 걸까?

오후 1시 40분, 알베르게에 도착해서도 그런 생각이 머릿속을 떠나지 않는다. 호스피탈레로가 내가 배정받은 방이 위에 있다는 말을 할 때였다. 나는 "2층?"이라고 말했다. 그랬더니 "농, 1층!"이란다.

길에는 순례자를 위로하는 그림들이 많다

1층이라면 부엌과 수다방 밖에 없는데?

아, 그때서야 생각난 것이지만, 이들의 1층 개념은 우리의 것과 다르다. 그전에는 이게 그러려니 했는데 이 순간만큼은 정말 궁금했다. 너희와 우리랑 왜 다르니? 정말 물어보고 싶지만, 보디랭귀지로는 한계가 있었다. 이것도 훗날을 기약하는 수밖에!

해님과 빗님은 여전히 뽐내기를 하고 계신다. 이런 까닭에 빨래터 이용은 불가능. 방안에서 나름대로 공간을 이용해서 빨래를 널어야 한다. 나는 지팡이를 이용했다. 지팡이를 벽에 기대어 그 위에 양말들을 올려놓는 것! 나름대로 뿌듯해하며 돌아보니 역시 고수들은 달랐다. 캐나다에서 온 할머니는 가방에서 줄을 휙 꺼내더니 벽에 '샥' 하고 건다. 그것으로 빨랫줄 완성! 그 여유 있는 공간들이라니! 감탄할 따름이다. 역시 경험의 차이다.

🏵 사하밀? 사라밀? 사흐하밀?

시에스타가 끝나는 오후 5시, 슈퍼로 향했다. 걸으면서 느끼는 것이지만, 마을이 참 아담하고 예쁘다. 또한 고풍스럽다. 보고만 있어도 마음이 넉넉해지는 느낌. 거리들이 예쁜 건 또 어떤지! 나름대로 신경 쓴 기색이 역력하다! 골목길을 기웃거리다가 멍멍이의 습격을 받는 소동이 있었지만, 그래도 입이 쉬이 다물어지지 않는다.

중심가에 있는 슈퍼에 들어가면서 나는 결심을 했다. 그것은 매

튜가 알려줬던 '살라미'를 구입하는 것! 그동안 바게트에 치즈와 채소, 과일을 넣어서 먹었지만 이제는 때가 됐다고 생각한 것이다. 씹는 느낌이 없어서 여간 허전한 것이 아니기 때문. 겨우 매튜가 준 걸 한번 먹었을 뿐인데 슈퍼에 들어서는 순간부터 내 목구멍은 꼴깍꼴깍 거린다. 완전히 갈빗집에 들어가는 폼이다.

그런데 이런…. 냉장고를 보며 갈등하고 만다. 살라미와 비슷하게 생긴 것이 너무 많은 것이다. 스펠링이라도 보면 나을까 했지만 S만 똑같을 뿐, 영 아니다. 이게 살라미인가? 저게 살라미인가? 괜히 익혀먹어야 하는 것을 잘못 골랐다가 이상한 병에 걸리는 건 아닌지 걱정만 들고…. 결국 눈을 감고 하나 골랐다.

그렇게 하여 계산대 앞에 섰는데, 아무래도 불안했다. 일단 직원 아주머니에게 영어 할 줄 아냐고 물어봤다. 세상에, 내가 그런 질문을 하다니! 그러나 아주머니는 고개를 절레절레 한다. 이런!

"이거, 살라밀?"라고 묻자, 아주머니는 알쏭달쏭한 표정만 짓는다. "사하밀?", "사하하밀?", "사르아밀?", "사흐르밀?", "사히밀?", "사르밀?"이라며 무리하게 혀를 굴렸건만 아주머니는 어색하게 웃기만 한다. 이러면 안 되는데!

그렇다면 결국은 보디랭귀지인가? "아줌마, 이거 바게트랑 믹스해서 먹어도 되는 거예요?"라는 말을 손짓과 함께 하는데 아주머니는 여전히 어색하게 웃는다. 다시 문장 만들기. "마드모아젤. 이거 바게트랑 믹스해서 냠냠해도 돼요?"라고 했더니 그때서야 아주머니가 웃으며 "농!"한다.

아, 먹으면 안 되는 거였구나, 하며 돌아서는데 나를 붙잡는다. 그러더니 "오케이!"란다. 으잉? "이거랑 이거랑 믹스해서 냠냠?"

이라고 했더니 이번에는 또 아니란다. 도대체 뭐야?

한참을 그렇게 설왕설래하는데 마을 사람이 끼어들더니 통역을 해줬다. 그 순간 나는 민망해서 혼났다. 상황이 너무 어이가 없었던 탓이다. 사정인즉 이렇다. 일단 내가 고른 건 먹는 게 맞았다. 문제는 내 질문을 아주머니가 오해한 거다. 바로 아주머니에게 먹으라고 하는 줄 알았던 것! 울랄라, 울랄라! 어찌 이런 일이! 나도 웃고, 아주머니도 웃고, 끼어든 마을 사람도 함께 웃는다.

🌸 노인 앞에만 서면 고개를 푹 숙이고

레온에서부터 걸으면서 느낀 것이지만 유달리 할아버지 할머니들이 많다. 그건 별 문제가 아닌데 나만의 문제가 생기고 있다. 그것은 내가 외국어를 듣는 순간, 또한 용을 쓰며 문장을 만드는 순간, 일단 '반말직역'으로 사고하는 버릇이 있다는 것이다. 전공교수님이 농담반 진담반으로 넌 절대 번역가 하지 말라는 충고까지 했을 정도였으니 말 다 한 셈이다.

그래도 처음에는 나름대로 잘 견뎌왔다. 젊은이들이 많은 탓일 게다. 하지만, 여기서는 다르다. 자꾸만 버릇이 고개를 들고 있다. 때문에 먼저 말을 붙이기가 어렵다. 가령, 또래에게는 "너 이름이 뭐야?", "어디에서 왔어?"가 스스럼없이 나오는데 할아버지, 할머니들에게는 그게 안 된다. 말 하려는 순간 입이 안 떨어진다. 반말하는 것 같은 기분이 드는 것이다.

"올라!" 하고 인사하는 것도 마찬가지. 눈을 보고 해야 하는데 자

알베르게 풍경

꾸만 고개를 숙이면서 "올라!" 하고 만다. '이러면 안 된다!' 고, 길을 떠나는 순간부터 길을 걷는 와중에도 몇 번이나 다짐했던 건데 정말 마음먹은 대로 안 된다. 할아버지, 할머니들에게 이야기를 듣는 것이 더 재밌고 도움도 된다고 생각하면서도 스스로 기회를 박차는 것이 아닌가 걱정만 된다.

무모하게 떠난 여행, 이런 복병은 심각하게 생각하지 않았는데 정말 어찌해야 하나? 찢어져가는 가방 끈과 함께 그것이 내 마음을 북북 긁어대고 있다.

순례길을 그린 그림

15

9월 23일: 아는 것은 오직 하나, 이 길 참 좋네!

아침 6시 40분에 알베르게를 나섰지만, 역시나 어둡다. 더욱이 마을을 벗어나자마자 불빛들도 거의 없다. 그야말로 어둠천지! 바야흐로 또 다시 공포체험을 해야 하는가 싶어 걱정이 됐지만, 다행히 몇몇 사람들이 있어 어렵지 않게 어둠을 비껴갔다.

어둠은 무사히 벗어났는데, 다른 문제가 생겼다. 하늘에 구멍이라도 뚫렸는지 장대비가 쏟아지기 시작한 것. 적당한 곳으로 피해 우비를 입는데, 이런! 쉽지가 않다. 아무리 끙끙거려도 가방 쪽이 가려지지 않는다. 지팡이를 이리 저리 돌리며 용을 쓰는데 누군가가 날 도와준다. "그라시아스!" 하고 돌아보니 전날 알베르게에서 만났던 일본 여성이다.

이름은 미츠에. 한국 여성 두 명과 같이 걷기도 했다는 그녀는 체구는 작지만 프랑스와 스페인, 포르투갈을 넘나들며 산티아고 길을 걷고 있는 여행 고수다. 어디까지 가냐고 물었더니 오 세브레이로란다. 나와 목적지가 같은 셈. 이때부터 함께 걷게 됐는데 어마어마한 빗소리 때문에 말을 나누기가 불편하다. 그런 이유로 말없이 걷기만 했다. 참으로 어색한 동행이 아닐 수 없다.

그렇게 어색하게 길을 걷는 사이, 베가에 도착했다. 11km를 걸은 셈인데 이미 신발은 축축하고 우비를 입은 보람도 없이 옷도 다 젖은 상태다. 머릿속으로는 빨리 쉬고 싶다는 생각밖에 없다. 미츠에도 마찬가지인 것 같다. 그런 탓에 우리는 별 말 없이 다시 속력을 냈는데, 걸을수록 뭔가 이상하다. 분명히 화살표를 따라 걸었는데 순례자들이 보이지 않는다. 게다가 갑작스러운 산길도 뭔가 불길하

다. 더욱이 가이드북을 갖고 있는 미츠에의 말에 따르면 오늘 코스
에 등산할 일이 있지만 베가는 아니라고 한다.

그래도 우리는 묵묵히 걸었다. 그렇게 걷는데 점차 길이 없어지
기 시작한다. 눈앞은 오로지 풀밭! 나와 미츠에는 눈이 마주쳤고 우
리는 지팡이로 그것들을 헤치며 걸었다. 걷다보니 비명소리가 나온
다. 가시나무들이 등장한 것이다. 그래도 우리는 헤쳐 나갔다. 비탈
길이 나타나면 서로 손 잡아주며 오르고 내려가기를 반복했다. 그러
나 고생의 보람도 없이 길은 더욱 험해진다. 서바이벌 하는 것 같다
는 말을 하며, 그래도 재미있다는 말을 하며 길을 만들며 앞으로 나
가는데, 갈수록 험해지고 있다. 어찌 해야 하는가?

나는 더 가보자고 말했다. 하지만 미츠에는 돌아가자고 한다. 여
기서 돌아가자고? 맙소사! 그건 안 된다고 우겨볼까 했지만 가시나

무가 만만치 않아서 돌아섰다. 다시 모험을 하며 내려온 베가 입구, 우리는 어색한 사이였던 것을 뒤로 하고 나란히 서서 "야호!" 타령을 하고 만다. 함께 위기를 겪은 탓일까? 만난 지 하루밖에 안됐는데, 알고 지낸 건 몇 년도 더 된 것 같은 기분이다.

🔘 산티아고 가는 길은 재밌다, 그리고 아름답다

본격적인 등산길이 나타났다. 발 상태가 비정상이었다면 꽤나 고생했을 터인데 다행히도 힘차게 걸을 수 있었다. 걷다가 적당한 곳이 보이면 쉬고 싶은데 그럴 만한 곳이 없다. 결국 가방을 베게 삼아 아스팔트 위에 누웠다. 눕고 보니 기분이 몽환적이다. 스페인 땅에서 일본 여성과 친구 되어 아스팔트 위에 누워있을 줄이야! 내 친구들이 알면 무슨 소리를 할까?

한참을 걸어 올라가는데 저 앞의 순례자들이 무성한 넝쿨에 붙어 서있다. 뭔 일인가 했는데, 아뿔싸! 산딸기의 향연이 눈앞에서 펼쳐진다. 지친 마음, 타는 목을 위로하고도 남을 그것에 나와 미츠에는 달라붙어서 정신없이 따먹었다. 산딸기 코스를 지나고 나니 이번에는 다양한 색깔의 꽃들이 우리를 반긴다. 걸음을 멈추고 바라보게 하는 그것, 아름다움에 새삼 놀라울 뿐이다.

비는 계속 내렸다가 그치기를 반복한다. 이 변덕에 할 말을 잃고 고개를 숙인 채 묵묵히 걸었다. 그때 미츠에가 소리친다. "왜?" 하고 고개를 드니 오, 맙소사! 돈 주고도 못 본다는 풍경이 이런 것일까? 50m 앞에는 햇볕이 쨍하고 우리 자리에만 비가 온다. 100m쯤 뒤에는 또

마을 풍경

햇볕이 쨍하다. 그렇다면? 몇 걸음 걷고 보니 햇빛이다. 그 뒤로는 비가 내리고 보라색 오로라가 생겨나고 있다. 비구름의 이동을 이렇게 짜릿하게 구경하는 순간은 난생 처음인지라 눈을 뗄 수가 없다.

오 세브레이 도착 5km 전, 깜짝 놀랐다. 저 앞에 웬 소들이 몰려 내려오는 것이다. 우리가 길 비켜줘야 하는 건가? 그렇다. 처음으로 동물들에게 길을 양보해주었다. 내 옆으로 지나가는 소 떼와 멍멍거리며 소 떼를 뒤따르는 강아지 두 마리를 보고 있노라니 이 순간이 '충격'적일 뿐이다. 꼭 말해줘야지. "애들아! 나 소한테 길 양보했다!"

소에게 길을 양보해야 하는 경우도 많다

�}이거 네 돈 아냐?

알베르게에 도착한 시간은 오후 4시. 높은 길을 올라야 했던 탓도 있지만, 역시 베가에서 헤맨 것이 시간을 지체하게 했다. 알베르게에 도착하자마자 씻고 슈퍼를 찾아 나섰다. 역시 엄청난 높이다. 아담한 마을과 올라온 길을 돌아보는데, 울랄라! 쌍무지개가 마을을 뒤엎고 있다. 반드시 찍어야 한다는 사명감으로 사진기를 들고 높은 곳에 올랐는데, 뭔가 이상하다. 누군가가 날 부르는 것이다.

무슨 일이냐고 물었더니 10유로짜리와 5유로짜리를 내밀며 "유 어 머니!"란다. 무슨 소리야? 주머니를 만져봤더니 그곳에 있어야 할 돈이 없었다. 주머니에서 사진기를 빼다가 돈이 빠진 것이다. 그것도 모르고 나는 혼자 사진기를 들고 높은 곳을 찾아다녔고 그들은 열심히 날 쫓아 온 것이다.

오, 세상에! 나였다면 어땠을까? 갈등하고 말았을 것이다. 출국 때 환율로 하면, 8유로가 만 원 정도인 만큼 갈등에 갈등을 거듭했을 터인데…. 고개를 꾸벅 숙여 고맙다고 말했다. 이때만큼은 한국식으로 하고 싶었다. 돈도 고맙지만, 당신들 마음이 더 고맙습니다.

알베르게에 돌아온 뒤, 새삼 산티아고 가는 길을 생각해봤다. 나는 이 길에서만큼은 물건을 도둑맞은 적이 없다. 다른 사람들에게도 그런 이야기를 들은 적이 없다. 나도 많이 받은 터였지만 이곳에서는 나눠주는 일만 있다. 왜 그럴까? 서로가 같은 처지이기 때문일까? 이 길은 미스터리 투성이다. 도대체 정체가 뭘까? 믿기지 않는

이상한 곳! 하지만 한 가지만큼은 경험에 의거하여 자신 있게 말할
수 있다. 산티아고 가는 길, 이 길은 안전하고 아름답다는 것을.

16

9월 24일: 술 취한 도둑이 나타났다!

빗소리를 듣고 일부러 느릿느릿하게 준비했다. 그래서 알베르게에서 나온 시간은 아침 7시. 상당히 늦은 시간이지만 여전히 하늘은 캄캄하다. 더군다나 내리는 비도 만만치 않다. 이날 목적지가 같은 나와 미츠에는 어둠을 헤치며 함께 길을 나섰지만 쉽지가 않다. 산길인데다 물웅덩이가 널려있는지라 한걸음한걸음 내딛을 때마다 위태롭기 그지없다.

하지만 다른 순례자들의 손전등 덕분에 넘어지지 않고 험난한 지역을 벗어날 수 있었다. 새삼 느끼는 것이지만 정말 손전등은 필수다. 민망하게 라이터만 만지작거리는 나로서는 그 사실이 가슴을 사무치게 한다.

이날은 유독 날씨도 쌀쌀하다. 스페인이라는 이름을 무조건 강렬한 태양과 동일시하던 나로서는 이것도 큰 부담이다. 도대체 왜, 스페인은 일 년 내내 따뜻할 것이라고 생각했던가? 그나마 긴 팔 옷 하나 준비했기에 망정이지 안 그랬으면 큰일 날 뻔 했다.

❀ 나, 외국어 공부할거야!

2시간쯤 걷다보니 비가 그쳤다. 그제야 주위 풍경을 돌아보는 여유를 갖는다. 높은 곳에서 내려와서 그런지 동서남북이 모두 아름답다. 미츠에와 함께 "뷰티풀!" 타령을 하며 걷는데 마을에 사는 할머니가 내 앞을 가로막는다. 무슨 일인가 했더니 부침개처럼 생긴 것을 내민다. 그냥 주는 건가, 하는 마음으로 받았더니 설탕 통을 꺼내서 도배를 하듯 부침개를 하얗게 만든다.

한입에 꿀꺽했는데, 그야말로 꿀맛이다. 에너지를 충전하고 걷는 것이라고 믿었는데, 아뿔싸! 손바닥을 내민다. 이런! 도대체 왜 그것을 공짜라고 생각했을까? 가격은 0.5유로. 엄청난 바가지지만 꿀맛인지라 기분은 좋다. 돈을 계산하고 나니 미츠에는 이런 경험이 없다고 한다. 그래서 한국에서는 고속도로 가다보면 오징어를 파는 아주머니들이 있다고 해줬더니 막 웃는다.

미츠에가 난데없이 "코리안 탕!" 이라는 말을 한다. 웬 코리안 탕? 내가 이해를 못하자 미츠에는 탕에 들어가는 것들을 일일이 설명한다.

알고 보니 그것은 삼계탕! 한국에 한번 와봤던 미츠에는 그 맛에 반했다고 한다. 아, 삼계탕을 그렇게 부르기도 하는구나. 웃고 말았다.

걸으면서 이런 경험을 하다 보니 집 생각이 난다. 아니, 정확히 말하면 어머니 생각이다. 갑자기 왜 이리 감상적이 되는지 모르겠지만, 그 순간 그랬다. 나만 이렇게 좋은 걸 보고 아름다운 것들을 경험해도 되는 걸까?

그때 나는 외국어를 공부하겠다고 결심했다. 언제일지 모르더라도 언젠가 어머니가 여행하시면 어머니가 더 많은 걸 알 수 있도록 하기 위해서다. 나야 보디랭귀지 갖고 다닐 수 있다지만 어머니까지 그렇게 하면 안 되겠지. 공부해야겠다. 스페인 높은 곳에서 또 하나의 결심을 했다.

알베르게 내부

🔹 외국어 하기 힘들지?

낮 12시 40분, 목적지인 트리아카스텔라에 도착했다. 이곳의 알베르게는 놀랍게도 4인 1실이라 굉장히 아늑하다. 나는 미츠에와 독일에서 온 크리스토퍼, 영국인 할아버지 찰스와 한 방을 쓰게 됐다. 샤워와 손빨래를 한 뒤에 미츠에에게 빌린 바늘과 실로 가방을 꿰맸다. 이것으로 가방의 찢어진 곳에 얼마나 도움이 될 수 있을지는 의문이지만, 그래도 뭔가를 하기는 해야 하는 터라 무작정 하고 있었다.

방안에 홀로 남아서 실을 붙잡고 끙끙거리고 있는데 샤워를 하고 온 찰스 할아버지가 말을 건다. 이 할아버지는 일전에 내가 프랑스 파리 전철노선을 보며 끙끙거릴 때 도움을 준 굉장히 친절한 신사다.

왜 그러냐고 봤더니 다짜고짜 "외국어 하기 힘들지?" 라고 묻는다.

아, 갑자기 말문이 막혔다. 아니, 입을 막아버린 것이 맞다. "정말 힘들어요." 라는 말을 할 뻔했기 때문이다. 한국어는 온데간데없이 사방에서 "쏼라쏼라" 하는 소리만 듣다보면 이질감을 느낄 때가 많다. 그들이 친절하고 배려해준다 하더라도 그건 어쩔 수 없는 문제였다.

내 침묵에 찰스 할아버지는 다 안다는 듯이 고개를 끄덕인다. 그리곤 "나도 스페인 말 이해 못해!" 라며 주먹을 불끈 쥔다. 나를 향해 용기 있다고, 그러니 더 힘내라고 말한다. 콧등이 시려온다. 외국에 온지 이십 여일이 다 되는 날, 또 다시 감상적인 날을 보내고 말았다.

◎ 겨우 그거 한 장 갖고 다녀?

미츠에에게 가이드북을 빌렸다. 그동안 마을 이름과 알베르게 침대 숫자 정도만 적힌 종이 한 장 달랑 갖고 있던 내게 그것은 커다란 도움이었다. 미츠에는 그런 내 모습에 놀란 눈치로 그거 한 장 갖고 다녔다고 묻는다. 그렇다고 하니까 막 웃는다. 이런! "이건 내 보물지도라고!" 라고 말하고 싶은데 유독 '보물' 이라는 단어가 생각이 안 나서 혼났다. 후크선장의 이름까지 들먹이며 보디랭귀지를 구사한 끝에 겨우 이해시켰다.

가이드북은 정말 친절하다. 알베르게가 없는 마을까지 알려주는

것은 물론이고 그 마을을 찾아갈 때 체크해야 할 사실들까지 알려준
다. 가령 슈퍼가 없으니 전 마을에서 먹을 것을 사야 한다는 사실이
나 알베르게가 없을 때 찾아가면 좋은 유스호스텔이나 펜션을 알려
준다. 책의 가격은 우리 돈으로 약 3만 원 정도. 비싼 편이지만 제법
쓸 만한 것 같다.

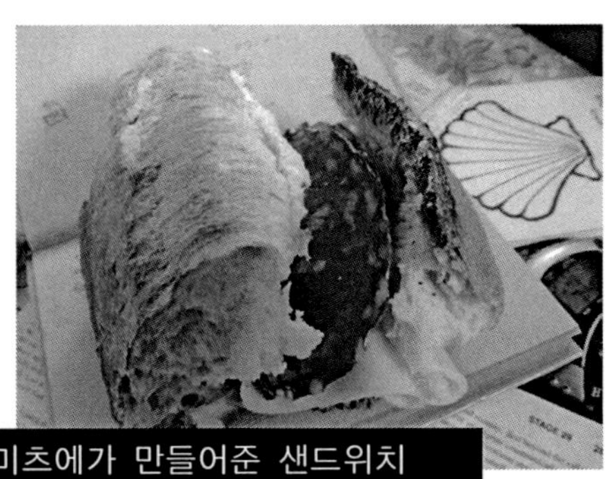
미츠에가 만들어준 샌드위치

다음날부터 가야 할
길을 메모한 뒤에 마을
을 구경하며 슈퍼를 찾
아 나섰다. 언제나 챙기
던 바나나와 레몬 등을
사고 나오는데 문득 과
자 봉지 하나가 먹음직
스럽게 보인다. 유럽에서 과자 먹어본 적은 다른 순례자들이 권할
때 말고는 없었는데 이날은 유독 사 먹어보고 싶었다. 가격은 0.9유
로. 우리나라의 포테이토칩과 비슷한 모양이다.

알베르게에 돌아와서 사람들과 먹으려고 폼을 잡았는데, 이런!
손을 넣자마자 놀라고 말았다. 울랄라, 울랄라! 과자까지 기름기로
가득하다니! 그런데도 이들은 그것을 아주 맛있게 먹는다. 이 사람
들 정말 신기하다는 생각만 든다.

◎ 도둑이 나타났다!

　알베르게들은 나름대로의 규칙이 있는데, 이곳은 거의 규칙이 없다. 문도 열어놓는다. 아무 때나 드나들 수 있는 구조다. 그걸 보면서 도둑 들면 어쩌나 싶었는데, 아뿔싸! 정말 도둑이 들고 말았다. 시간은 새벽 1시 반. 한참 곤하게 자는데 주위가 시끄럽다. 처음에는 벌써 아침이 됐나 하며 게으름 피우는데 뭔가가 좀 이상했다.

　술 취한 마을 사람이 칼을 갖고 들어온 것이다. 놀라운 순간이었다. 왜 놀라운가? 아무리 칼이라고 하지만 술 취해서 혼자 들어오다니? 이곳에는 수십 명의 남자들이 지팡이를 들고 있는데! 그렇기에 별다른 문제없이 소동은 끝났고 경찰이 와서 도둑을 연행해 갔다.

알베르게 풍경

아무리 생각해도 도둑이라기보다는 취객의 주사라고 하는 것이 맞을 것 같은데 중요한 장면들을 자다가 놓친 나로서는 모든 것이 아쉬울 따름이다. 잘하면 스페인에서 무용담을 하나 만들 수 있었을 텐데! 태권도 빨간 띠의 위력을 보여줄 수도 있었을 텐데! 생각할수록 아쉽기만 하다.

아! 궁금해진다. 그 사람은 어떻게 됐을까? 마을 사람들은 종교적인 이유 때문에라도 순례자들에게 집적거리지 않는다. 그렇다면 처벌 자체보다 종교적인 의미가 더 두렵지 않을까? 마을 사람들의 눈총은 또 어떻고? 새벽에 깬 나는 말똥말똥한 눈빛으로 천장을 보며 혼자 추리해보지만 역시 답을 알 수가 없다. 이때도 얻은 답은 오로지 하나. 외국어를 공부해야겠다는 것뿐이다.

17

9월 25일: 도대체 여기는 어디야?

눈을 뜨자마자 주위를 살펴봤다. 미츠에와 찰스 할아버지 그리고 크리스토퍼 모두 자고 있다. 손전등이 없는 나로서는 널어놓은 빨래부터 신발, 지팡이, 가방, 물통, 침낭 등을 두 손에 아슬아슬하게 들고 방에서 나와야 한다. 나 좋다고 불을 켤 수는 없는 노릇이니 어쩔 수 없는 일이다.

문 앞에서 졸린 눈 비벼가며 가방을 정리하는데 크리스토퍼가 나온다. 인사를 하기 위해 고개를 들었다가 깜짝 놀랐다. 손전등이 없는 그도 나처럼 나올 줄 알았는데 이미 그는 가방을 메고 있다. 이럴 수가! 여행 고수와 하수는 이렇게 다른 것인가? 감탄할 뿐이다.

알베르게를 나서기 전에 미츠에와 작별인사를 했다. 당연한 것이지만, 일정이 다르기 때문이다. 여기서부터 길이 두 갈래로 갈라지는데 곧장 17km 거리에 있는 사리아에 들렀다가 5km 더 걸어서 바르바델로까지 가는 것이 내 계획인 반면에 미츠에는 사모스를 들러서 사리아까지 가겠다고 한다. 산티아고 가는 길에서 가장 멋진 알베르게가 있다는 사모스를 놓칠 수 없다는 것이 그녀의 의견! 아, 그녀가 부럽다! 동시에 내 빠듯한 일정이 아쉬울 따름! 아쉬움을 달래는 마음으로 힘차게 "부엔 카미노!" 라고 외쳤다.

도대체 여기는 어디야?

길을 걷다가 느낀 바에 의하면 가장 중요한 것은 자신의 몸 상태를 정확하게 파악해야 하는 것이다. 또한 배려할 줄 알아야 한다. 몸이 좋다고 무리해서 걷는 것도 경계해야 하고 아무것도 모른 채 계획 세운 대로 하겠다고 무리하게 몸을 놀리는 것도 위험하다. 이 길은 하루에 끝나는 것도 아니거니와 산티아고에 간 뒤에 모든 것이 끝나는 것이 아니기 때문이다. 중요한 것은 알고 배려하는 것이다.

이날 나는 확실히 알았다. 비행기에서 내린 이후 최고의 몸 상태라는 것을. 몸이 좋으니 마음도 좋고 콧노래도 절로 나온다. 게다가 가는 길은 또 어떤가? 내 가는 길을 호위해주는 이 녹음에 가슴까지 시원해지는 느낌이다. 함께 걷는 이가 없으면 어떤가? 먼 곳에서, 그리고 가까운 곳에서 들려오는 새들의 지저귐이 나와 함께 하고 있

있다. 기쁘다! 머릿속에는 그것밖에 없었다.

그 기쁨을 만끽하며 걷는데, 어라? 뭔가가 이상했다. 이 기쁜 순간을 함께 나눌 수 있는 이가 전후방 100m에 아무도 없던 것이다. 설마? 급히 화살표를 찾아봤는데, 없다⋯. 도대체 여기는 어디인가? 언제 그랬냐는 듯 기쁨의 물결은 사라지고 몸은 얼어붙는다. 초조해지기 시작하더니 이내 마음속에서는 불같은 갈등이 일기 시작한다.

"돌아가느냐? 이대로 가느냐?" 하는 문제! 이것은 햄릿의 것에 비하면 초라한 것일지 모르겠지만, 그 순간 나에게는 심각한 고뇌이자 번뇌임에 분명했다. 나는 고민 끝에 앞으로 걷기로 했다. 첫 번째 이유는 돌아가는 시간이 아깝기 때문이다. 두 번째는 앞으로 걷다보면 전 세계 친구들을 다 만날 수 있다는 노래도 있는 만큼 당연히 길도 있겠거니 하는 생각을 한 것이다. 어느덧 나는 그렇게 지나칠 정도로 속 편한 인간이 되고 있었다.

걷다보니 길이 양쪽으로 나뉜다. 이미 화살표는 없는 상황. 오감을 믿고 오른쪽으로 걸었다. 그렇게 30분을 걸었는데 뭔가 이상했다. 사람이 없다. 마을도 없다. 있는 것이라고는 한가로이 날 바라보는 젖소들뿐이다. 도대체 여긴 어디인가?

아, 나는 왜 몰랐던가? 몸을 알고 배려하는 것도 중요하지만, 가야 하는 길을 제대로 봐야 하는 것도 중요하다는 것을! 길거리에 앉아 샌드위치를 만들어 먹으며 후회하고 또 자책했다. 지나친 흥분은 금물이었다.

🌸 알베르게에서 말싸움을 목격하며

지나가는 트랙터를 헉헉거리며 따라가기도 하고, 언덕에서 습격해 오는 네 마리 강아지를 피해 무거운 가방 멘 채로 달아나기도 하며, 먼 곳에서 보이는 사람 그림자를 찾아다닌 끝에야 사리아에 도착했다, 그때 시간은 낮 12시 30분. 발바닥이 후끈거리는지라 몸을 배려하자는 핑계를 대며 이곳의 알베르게에서 머물기로 했다.

알베르게의 방에는 총 12명이 잘 수 있는데 젊은이들은 모두 아는 이들인 반면 노인들은 처음 보는 사람들이 많다. 아마도 사모스에서 아름다움을 만끽하고 최소 거리를 걸은 사람들이리라. 샤워를 하고 방으로 돌아오는데, 뭔가가 이상하다. 독일인 크리스토퍼와 프랑스 할머니가 목소리를 높이는 것이다.

어차피 알아들을 수도 없다는 생각으로 애당초 해석할 생각도 안 하고 빨래를 너는 데 집중했다. 그런데 자꾸만 듣게 된다. 그도 그럴 것이 평소에 걱정하던 문제가 불거졌기 때문이다. 바로 '개인'과 '개인'의 충돌이다. 말싸움이 일어난 이유는 간단하다. 할머니는 피곤해서 낮잠을 자려고 하는데 크리스토퍼가 마이크와 큰 목소리로 대화를 나눴기 때문이다. 며칠 생활해 본 바에 의하면 크리스토퍼의 큰 목소리는 고의는 아니다. 원래 크다.

할머니는 "산티아고 가는 길은 노는 길이 아니다!"고 말하고, 크리스토퍼는 "산티아고 가는 길에서 당신이 자는 권리가 있는 만큼 나도 말할 권리가 있다!"는 말을 하며 목청을 높였다. 무슨 이유인

지 그들은 서로들 '산티아고 ' 라는 단어를 사용하며 나름의 주장을 펼치는데, 듣는 것도 어려운 나는 멀거니 보기만 할 뿐이다.

하기야 정확히 듣고 말을 할 줄 알면 무엇 하겠는가? 사실 나는 이 광경이 충격일 뿐이다. 한국에서 저렇게 두 눈 부릅뜨고 할머니에게 목청 높인다면? 지나가던 어른들이 달려들지 않을까? '이것이 서양의 문화인가?' 하는 생각만 든다. 또한 명분부터 내세우는 건 동양이든 서양이든 다 똑같다는, 약간은 삐딱한 생각도 든다.

이래저래 씁쓸한 순간이지만 어쩌겠는가. 대학생 시절 기숙사에서 일주일 간격으로 룸메이트와 농담 반 진담 반으로 말싸움을 했던 나로서는 이런 문제를 이십 여일이 지나서야 처음 본 것이 오히려 행운이 아닌가 싶다. 아무렴, 이곳도 인간이 사는 곳인데! 이래저래 독특한 경험을 쌓으며 무모한 여행은 계속됐다.

18

9월 26일: 무뚝뚝한 할아버지와 얼싸안다!

아침 6시 20분에 알베르게를 나선 뒤 10분 쯤 걷자 잠자는 도시의 외곽이 나타났다. 그와 동시에 내 발걸음이 딱 멈춰졌다. 한눈에 봐도 산길이었다. 이 어두운 하늘 아래에서, 특히 안개가 자욱한 이곳에서 내가 과연 저기를 갈 수 있을까? 디카 플래시를 터트리며 갈 속셈으로 디카를 꺼내는데 반갑게도 뒤에서 발자국 소리가 들린다. 기쁜 마음으로 고개를 돌렸는데, 이런! 나도 모르게 한숨이 나왔다.

알베르게에서 내 위에서 자던 할아버지다. 이 할아버지는 내가 만난 순례자 중에서 가장 무뚝뚝한 사람이다. 다른 사람이랑 말도 안할뿐더러 누가 인사를 해도 갸우뚱하며 쳐다보는데 전날 나도 그 때문에 꽤나 무안했었다. 그런데도 함께 가야 하는 건가? 물론, 여

기서 내 의사는 중요치 않다. 할아버지가 나를 싫어하면 그걸로 끝이다. 나는 긴장된 목소리로 "올라!"라고 인사했다. 그러나 역시, 이번에도 할아버지는 묵묵부답이다. 역시나, 민망할 따름이다.

무뚝뚝한 할아버지와 동행을 시작하며

나에게 선택권은 없다. 손전등만 있으면 앞질러서 갈 테지만, 그건 희망사항에 불과하다. 그저 뒤에서 졸졸 따라갈 뿐이다. 그런데 할아버지가 이상한 길로 접어든다. "산티아고!"라고 외치며 손짓했더니 내가 가리킨 곳은 자전거 길이란다. 그래서 할아버지를 따라갔는데 이런! 다시 마을이다. 할아버지는 민망한지 날 보며 "울랄라!” 한다. 상상이 되시는지. 무섭게 생긴 할아버지의 그 감탄사가? 나는 피식 하고 웃어버렸다.

내가 말했던 길로 돌아오는데 할아버지는 프랑스에서 왔다면서 나보고 어디서 왔냐고 묻는다. 한국이라고 대답하니까 영어 할 줄 아냐고 묻는다. 당연히 “노!” 했다. 스페인어와 프랑스어를 묻기에 이번에도 “노!” 했다. 보통 이렇게 하면 영어로 천천히 말하는 게 일반적인데, 할아버지는 그대로 직역했는지 말을 안 건다. 난감한 순간이 도래한 것이다.

하지만 이것보다 더 큰 문제는 산길이었다. 나무들은 하늘을 가렸고 안개는 자욱하다. 불빛 같은 건 당연히 없다. 오르막이라 길도 험하다. 걷다보면 돌에 걸려 넘어지는 건 예사고 부러진 나무 때문에 아찔한 순간도 겪어야 한다. 이런 상황에서 할아버지의 손전등

하나에 모든 걸 의지해야 하는데 여기서 또 다른 문제가 발생한다. 할아버지는 유난히 오르막길을 힘겨워한다. 그러다보니 손전등은 할아버지 발 앞만을 비춰야 한다. 그거야 당연한 일인데 문제는 화살표를 놓칠 가능성이 많다는 것이다.

그래도 어렵사리 꾸역꾸역 길을 걷는데 갈래길이 나온다. 내가 라이터까지 꺼내어 찾아봤지만 화살표는 보이지 않는다. 그러던 중 나무 위에 노란 색으로 된 직선이 하나 보였다. 나는 이거 같다고 생각하며 그쪽으로 걷자고 말했고 이때부터 내가 앞장섰다. 어두운 건 여전했지만 할아버지가 어렵게 걸으면서도 앞쪽을 비춰줬기 때문에 넘어지지 않고 걸을 수 있었다.

그렇게 20분쯤 걸었을까? 등에서 땀이 나기 시작했다. 무서워서 그런 것이 아니다. 길을 잃어버린 것 같다는 두려움 때문이다. 혼자라면 그럴 수 있겠지, 하겠지만 가쁜 숨을 몰아쉬면서 걷는 할아버지 때문에 그렇게 넘길 수가 없었다. 안개로 뒤엎인 산길을 걷는 그때, 제발, 제발, 거리며 사방에 라이터를 들이댔다. 그러나 화살표는 나타나지 않았다.

할아버지, "메르씨 부꾸!"

머릿속이 복잡해진다. 아무래도 내가 본 직선이 화살표가 아닌 것 같았다. 그렇다면 돌아가야 한다는 것인데 차마 그 말을 할 수가 없다. 라이터불 켤 때마다 손마디가 아팠지만, 그런 건 문제가 아니었다. 여기저기 불을 켜며 "제발!"을 외칠 뿐인데, 어느 순간,

할아버지가 산티아고 가는 길을 의미하는 비석을 찾아냈다!

할아버지는 "오!" 하며 안도의 큰 숨을 쉬고 난 보자마자 "앗 싸!"를 외쳤다. 아, 그때의 감동이란! 2002년 월드컵 때와 유사하다고 할까. 난 방방 뛰었고 곧바로 할아버지를 얼싸안았다. 할아버지도 내 어깨를 두드려준다.

그런데도 그 포옹이 무색하게, 30초도 안되어 우리는 이날 처음 만난 것 같은 감정으로 돌아갔다. 나처럼 할아버지도 겸연쩍은 건지 말 한마디 없이 길 찾는 데 주력했다. 누가 이런 우리를 본다면, 포옹은커녕 싸움한 사람인 줄 알았을 것이다. 그렇게 20분쯤 걷자 마을이 나오고 화살표가 분명하게 보이기 시작한다. 이제부터 할아버지와 나는 서로의 걷는 속도를 맞출 때가 된 것이다.

입에서, "저기요." 라
는 한국어가 나왔다. 할
아버지는 지팡이를 들어
화살표를 가리킨다. 길
을 제대로 가고 있다는
뜻이다. "아니, 그게 아
니고요. 할아버지, 메르

씨 부꾸예요." 라고 말했다. 아! 근사하게 프랑스어로 하고 싶지만
이런 정체불명의 언어로 말했는데, 할아버지가 알아들었나 보다. 날
한번 휙 돌아보더니, 예의 그 엄숙한 얼굴로, "노 프라블럼!" 이라
고 말한다. 그래도 이번에는 민망하지 않았다.

하루 동행하기로 한 것이 아닌 만큼 헤어지는 것이 당연한데 왠
지 그러고 싶지가 않았다. 그래서 할아버지 옆에 붙어서 걸었다. 그
때 저 멀리서 알베르게가 보였다. 좋다! 이번만큼은 제대로 문장을
만들어보겠다. 그리하여 가정법의 동사시제를 떠올리며 끙끙거려
마침내 말했다. "할아버지가 원하시면 저기에서 물을 떠다가 드릴게
요."

내 말에 할아버지의 눈이 동그랗게 커진다. 내 어깨를 두드리면서
"땡큐!"만 연발한다. 대단한 일도 아닌데 왜 그러는지 이해할 수 없는
일. 계속되는 땡큐에 다시 민망해졌지만, 이날 오전의 경험은 잊지 못
하리라. 사람들은 이 길이 왜 아름답다고 하는가? 또 다시 나만의 답
을 확인했다. 서로 도와주기에 그런 것이 아닐는지. 낮 12시 20분,

24km를 걸어 포르토마린에 도착한 이후 다시 만난 할아버지는 나를 보고 활짝 웃는다. 나도 마찬가지. 웃음꽃을 머금을 수밖에 없다.

◉ 이름 발음하기 참 어렵네

외국어 발음을 할 때, 일반명사 따위는 발음을 제대로 못해도 큰 실례가 아니다. 오히려 다들 그것이 당연하다는 입장이다. 하지만 이름만큼은 예외다. 당연한 일이지만, 발음을 정확하게 해줘야 하는데 그것이 참 어렵다.

특히 프랑스의 'R'과 'H' 발음이 어렵다. 이미 드림팀과 걸을 때 마이키에게 R은 'ㄹ'이 아니라 목이 끓는 소리를 내며 'ㅎ' 같은

알베르게 풍경

'ㄹ' 을 해줘야 하고, H는 '아쉬' 로 발음해야 한다는 강의를 들었지만, 그게 어디 쉽게 되는가?

아침에 친구가 된 할아버지의 이름을 발음할 때도 곤욕스럽다. 이름을 합의해야 했는데 이유인즉 내가 "엘버그?", "에이버그?", "헤리버그?", "헤흐르버그?" 등 입술이 다 아플 정도로 참으로 다양한 발음을 하며 헤맸기 때문이다. 결국 할아버지는 웃으며 '헤이버그' 라고 부르라고 했다. 재밌는 경험이 아닐 수 없다.

한국에서 출발하기 전에 이날 머무는 포르토마린은 관광도시로 유명한 데다가 산티아고 100km 전이라 순례자들이 붐빈다는 이야기를 들었었다. 왜냐하면 산

드디어 완성한 파스타

티아고에 도착하면 순례자 증명서를 주는데 그것은 100km 이상을 걸으면 주기 때문이다. 그런 탓에 걱정이 많았는데 성수기가 아니라서 그런지 크게 붐비는 모습이 아니다. 다만, 알베르게 침대가 금방 동이 나기는 했다. 백 개에 육박하는 침대를 갖춘 숙소인데 오후 2시 반에 꽉 찼으니 확실히 다른 셈이다.

100km밖에 남지 않아서인가? 다들 상기된 얼굴로 산티아고에 대한 이야기를 한다. 물론 그 사이에서 나는 여전히 해석하는 데 어려움이 있어 대화의 흐름을 10초 정도 늦게 파악하고 있지만 두근거

리는 마음은 마찬가지다. 산티아고에는 무엇이 있을까?

아니다. 그런 건 의미가 없다. 날 보며 웃는 헤이버그 할아버지와 다시 만난 미츠에, 여전히 한곡만 연주하는 장 마리와 유머, 크리스토퍼, 글라라, 안토니오, 페르난도 등의 이름을 아는 친구들은 물론 이름을 몰라도 소중한 친구가 된 순례자들과 함께 있는 그 순간이 더 소중했다.

미래보다 함께 같은 시간을 보내는 이들에게 더 마음을 주고 싶었기에 이날은 유난히 더 열심히 보디랭귀지를 했다. 무모한 여행 중에 절정이 아니었나 싶을 정도로.

19

9월 27일: 먹을 것 때문에 외로움을 느낄 줄이야!

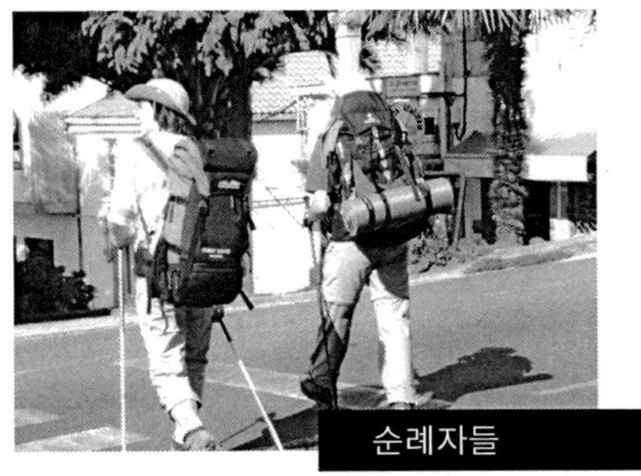

순례자들

아침 6시 30분에 알베르게를 나섰다. 이날도 자욱한 안개가 가득하고 산길도 어두웠지만 주저하지 않았다. 50m쯤 앞에 사람들이 가고 있기에 그들을 조타수 삼아 뒤따른 것이다. 적어도 길 잃을 염려는 없었는데 대신에 몸이 금방 달아오른다. 그들을 놓치지 않기 위해 속도를 내면서 지팡이로 어두운 길을 툭툭 치며 돌발 상황을 대비해야 하니 체력이 두 배로 드는 것 같다.

여기서 다시 새로운 고민이 든다. 긴팔을 입고 열을 내는지라 티셔츠가 금방 땀에 젖었다. 이것을 벗기는 벗어야겠는데 그러자면 저들을 놓친다. 그대로 입고 있자니 답답하다. 어찌해야 하는가? 이판

사판이라는 생각으로 어둠 속에서 가방을 내려놓았다. 저 앞의 사람들은 금세 사라져가고 나는 라이터에 의지해 가방을 여는데 뭐가 어떻게 된 건지 옷이 가방에 들어가지를 않는다.

다급한 마음에 무조건 구겨 넣지만 소용이 없다. 그 와중에도 내 눈은 사방을 경계하기에 정신없다. 귀신 나오면 재빨리 도망치겠다는 다급한 마음이었다. 그때 뒤에서 발자국 소리가 들렸다. 다른 순례자가 오는 것이다. 잠시 후 손전등이 내 가방에서 딱 멈춘다. 고개를 들어 보니 헤이버그 할아버지다.

"핫?"(더워?)

"예스. 핫."(네. 더워요.)

"흠… 핫."(더워.)

알베르게 문이 열리기를 기다리는 중

　그 짧은 말과 함께 우
리는 같이 걸었다. "헤
이버그 할아버지, 함께
걸어서 기뻐요!"

　걷기의 즐거움! 두말
해 무엇 하리오. 이날 걷
는 길은 마을을 벗어날

때를 제외하고는 평지가 계속됐다. 그런 탓에 뻔한 것 같지만 지루
하지는 않다. 자연이 아름답기 때문일까? 그것들을 보는 것도 재밌
지만 지나가면서 만나는 순례자들과 인사를 하고 짧은 이야기를 하
며 걷는 것이 즐겁기 때문이다. 포도 서리는 또 어떤가? 바에서 들
려오는 장 마리의 연주소리는? 구름이 이동하는 저 모습을 바라보
는 것은? 걸으면서 중간 중간 마시는 물 한모금의 시원함은?

　"세계에서 가장 오래된 이동방법인 걷기는 접촉을 가능하게 한
다. 사실 유일한 방법이라고 할 수 있다. 규격화된 문명과 온실 속
문화에는 이제 싫증이 난다. 내 박물관은 길들과 거기에 흔적을 남
긴 사람들이고, 마을의 광장이며, 모르는 사람들과 식탁에 마주 앉
아 마시는 수프인 것이다."

　베르나르 올리비에의 <나는 걷는다>를 보면서 내가 부러워했던
구절이지만, 산티아고 가는 길에서 부러움을 접게 된다. 저것은 책
의 구절이 아니요 문자가 아니기 때문이다. 저것은 오롯이 내 이야
기였고 나는 그 접촉을 만끽할 수 있었던 것이다.

인터넷 해본 게 언제더라?

26km를 걸어 낮 12시 20분에 팔라스 델 레이의 알베르게에 도착하니 문이 1시에 열린다고 기다린단다. 전날 알베르게를 이용한 순례자들의 흔적을 치우는 시간인 셈이다. 덕분에 30분 정도 수다를 떨다가 들어가야 했는데, 이럴 수가! 이곳 알베르게의 방은 큼직할 뿐만 아니라 공간도 넓다. 가슴이 뻥 뚫리는 느낌이다.

여느 때와 마찬가지로 손빨래와 샤워부터 처리하고 보니 낯익은 기계 하나가 보인다. 컴퓨터다. 인터넷 한 것이 언제였더라? 인터넷 안하면 손이 근질거렸었다. 특별한 목적이 없어도 마우스에서 손을 떼지 못한 시간도 많다. 그런 시간을 다 합하면 몇날 며칠이던가?

그러나 이곳에서는 그런 과거가 무색하다. 물론, 처음부터 그랬던 건 아니다. 첫날 론세스발예스에 도착하자마자 바에서 1유로를 넣고 하려고 했지만 한글 폰트가 없어서 포기하고 말았었다. 어쩔 수 없다는 생각으로 그 후로 거들떠보지 않았는데 그것이 자연스레 익숙해진 것이다. 인터넷, 안녕!

여기서 미츠에를 다시 만났다. 또한 일본인 한 명을 더 만났다. 그의 이름은 아키! 사자머리를 한 것이 한눈에 봐도 일본인답게 생겼다. 하지만 그게 무슨 상관이겠는가. 오히려 여기서는 동양인이 더 반갑고 편하다. 밥 먹고 싶다는 마음을 이해해주는 동지이니 오죽하겠는가.

유럽인들이 좋아하는 소시지. 맛이 오묘하다

김치 없어서 나빠?

슈퍼마켓을 잘못 찾아들어갔다. 사람들이 가르쳐준 곳으로 가야 하는데 엉뚱한 곳으로 들어간 것이다. 내가 들어간 곳은 좀 지저분하다. 지저분한 거야 그럴 수 있다 하지만 가장 중요한 과일이 시커멓게 변한 것이 심각하다. 이걸 사야 하나 말아야 하나 주뼛거릴 뿐이다.

그곳을 나오자 친구들이 보인다. 내가 나온 곳으로 들어가려고 하기에 말렸다. 한국에서 영어를 가르쳤다는 영국인 매튜가 왜 그러냐고 묻는데 대답이 궁하다. 뭐라고 설명해야 하지? 그때 매튜가 선수 친다. "김치 없어서 그러지?" 라고.

그 순간에는 그저 웃고 말았는데, 시간이 지날수록 '김치'라는 단어가 자꾸 머릿속에서 춤을 춰댄다. 된장찌개는 어떨까? 가뜩이나 비가 와서 그런지 파전도 생각나고, 아니면 삼겹살에 상추쌈은? 다른 순례자들을 돌아본다. 그들은 먹을 것에 대해 전혀 고민하는 눈치가 아니다.

그래, 고민할 필요가 없겠지. 우습지만 그때 외롭다는 생각이 들었다. 먹을 것 때문에 외로움을 느낄 줄이야! 하지만 어쩌겠는가. 순수한 감정인 것을. 유독 집 생각에, 정확히 말하면 집에 있던 밥통 생각이 나서 우울한 시간을 보내야 했다. 심각하게, 약간은 진지하게.

20

9월 28일: 드디어, '아미고'의 뜻을 알게 되다

아침 6시 35분, 알베르게를 나왔다. 길이 어둡지만 순례자들과 함께 걷기에 특별한 어려움은 없다. 이날의 목적지는 아르주아. 29km를 걸어야 한다. 길이 유난히 예쁘다. 색색의 꽃들은 물론이고 그 꽃들과 함께 우거진 숲이 나를 설레게 한다. 물론 그 길을 함께 걷는 사람들이 있기에 그 예쁜 길은 아름다운 길로 다가오고 있다.

길을 걷다보면 동물들을 볼 기회가 많다. 특히 소들이 많은데 놀랍게도 사람들은 소들을 방치하고 있다. 들판에 소들을 풀어놓은 것이다. 언젠가 어른들이 소와 말을 향해 "마소! 마소!" 외친 것을 본 기억이 나서 한번 따라해 봤다. 그 소들, 꿈쩍도 안하고 나를 빤히 본다. 쟤 뭐 하니, 하는 눈빛이다. 멋쩍은 순간이다.

다리 상태가 좋다. 그래서 아르주아 3km 전, 리바디소에서 평소에 부러워하던 것을 해보기로 했다. 그것은 바로 달리기! 아주 드물지만, 젊은 사람들은 내리막길에서 뛰어갈 때가 있다. 웃음을 한껏 머금고 뛰어 내려가는데 물집 때문에 끙끙거리던 나는 마냥 그것이 부럽기만 했다.

하지만 이날은 가능할 것 같았다. 만용일지 모르지만, 지팡이를 어깨에 걸치고 "으아!" 소리를 내며 내리막길을 뛰었다. 뛰면서 만나는 순례자들에게 "올라!"를 외치며 또한 "부엔 카미노!"를 외쳤다. 내가 뛰다니! 내가 뛰다니! 뛰면서도 참 신기했다. 가방의 무게와 가속도를 못 이겨 얼마 못가 자빠지고 말았지만, 그래도 그 상쾌함은 잊을 수 없다.

레스토랑에서 인터넷을?

오후 1시 10분, 아르주아에 도착하자마자 호스피탈레로에게 인터넷을 사용할 수 있는 곳이 어디 있냐고 물어봤다. 적어둔 항공사 전화번호가 비에 젖어 알아볼 수 없어 새로 확보

해야 했기 때문이다. 호스피탈레로는 놀랍게도 중앙도로 반대편에 있는 레스토랑으로 가라고 한다. 레스토랑? 잘못 들은 줄 알았는데 맞단다.

그곳을 찾기는 했는데, 쉽게 들어갈 수는 없었다. 레스토랑에 인터넷 하러 들어왔다는 말을 어찌 할 수 있겠는가. 그래도 상황이 다급하니 일단 들어갔다. 놀랍게도 레스토랑 한가운데에 컴퓨터 두 대가 놓여있다. 인터넷 사용은 물론이고 프린터와 사진을 찍을 수 있는 캠도 있다. 가격은 10분에 0.5유로이다. 주변에서 식사하는 사람들을 바라보며 인터넷 하는 기분이란! 두고두고 잊지 못할 것 같다.

번호를 찾아낸 뒤에 공중전화박스에 들어갔다. 처음으로, 외국에서 외국으로 전화를 하는 것이다. 일단 동전 몇 개를 넣고 번호를 눌렀다. 그런데 수화기 저 먼 곳에서 스페인 아가씨의 목소리가 담긴 기계음이 잘도 "쏼라쏼라" 한다. 당황스러운 순간이다.

번호를 잘못 눌렀다는 말일까? 아니면 누르는 것이 늦었다는 말

인가? 그도 아니라면, 아무래도 스페인에서 프랑스로 하는 것인 만큼 동전을 더 넣으라는 말인 것일까? 도통 보디랭귀지로는 해결할 수 없는 문제가 생긴 것이다. 어쩔 수 없었다. 알베르게의 내 침대 주변을 장악한 스페인 삼총사에게 도움을 청해야 했다.

스페인 삼총사는 남자 둘, 여자 하나인데 영어를 못한다. 내가 "패밀리?" 해도 고개를 끄덕하고, "프렌드?" 해도 고개를 끄덕한다. 그러니 좀처럼 제대로 된 대화를 나눌 수가 없었다. 그래서 나는 정체불명의 삼총사라고 불렀는데 이들에게 도움을 청해야 하는 것이다.

알베르게에 가보니 아래 침대에 두 명은 자고 있고 내 옆 자리의 청년은 다리 운동을 하고 있다. 나는 과감하게 말을 걸었다. 내가 묻고자 하는 것은 스페인에서 프랑스에 전화를 걸 때 얼마를 넣고 해야 하느냐는 것이었다.

알베르게 내부

"디스, 에스파뇰, 폰, 따르르릉, 투, 프렌치 파리, 유즈 유로 코인" 이라는 말을 한 뒤에 "얼마야?" 라는 단어들을 붙여야 하는데 이것만큼은 한국에서 적어둔 스페인어가 있었다. 그래서 스페인어로 "얼마입니까?" 라고 적은 종이를 보여줬다.

스페인 청년은 고개를 갸웃한다. 한참 고민하더니 "쌀라쌀라" 한다. 왜 이리 길게 말하지? 숫자를 적어달라고 종이와 펜을 내밀었다. 그런데 아뿔싸! 문장을 적는다. 그리고 끝에는 물음표를 붙인다. 어라? 곰곰이 보니, 그것은 불어다. "얼마입니까?" 라는 스페인어를 불어로 번역해준 것이다.

나와 청년의 눈이 마주쳤다. 청년은 내 대답을 기다리는 것 같은 눈치다. 다시 물어보고 싶지만, 내가 너무 고생시키는 것 같아서 참기로 했다. 그저 고개만 끄덕끄덕, "그라시아스." 라고 말했다. 그 청년, 꽤 좋아한다. 나는 언어의 어려움을 느끼며 어색한 웃음을 지었다. 이런 내가 왜 웃는지 모르고 그 청년도 따라 웃는다. 울랄라!

너는 나의 아미고야

알베르게를 돌아다니다가 일본인이 붙여놓은 쪽지를 봤다. 그것은 뒤에 오는 다른 순례자를 위해 남긴 글이다. 그것을 보다가 문득, '아미고' 라는 단어의 뜻을 물어봐야 한다는 걸 기억했다. 이것에 대한 궁금증은 며칠 전부터 생겼다. 사람들이 나를 향해 "아미고!" 라고 말했는데 정확히 무슨 뜻인지 궁금했던 것이다.

몰려 있는 스페인 사람들에게 다가갔다. 영어 소통은 불가능하다. 그래서 "아미고?"라고, 말의 끝에 악센트를 상당히 주며 '물음'이라고 알려줬는데 다들 "아미노!" 하더니, 당황스럽게도 날 껴안는다. 뭐지? 답답해서 "아미고!"라고 말한 뒤에 손으로 물음표를 그려 보이기까지 했지만 허사다. 아미고, 아미고 하며 나를 붙잡더니 되레 어디서 온 꼬레앙이냐고 묻는다.

도대체 아미고가 뭔가? 무헤르도 나에게 그렇게 말했고, 헤이버그 할아버지도 그렇게 말했는데, 도대체 그게 뭐지? 그 사이에서 난감한 표정을 짓고 있는데 영국인 할아버지들이 무슨 일이냐고 묻는다. 그래서 영어로 대화를 했다.

"아미고가 무슨 뜻이에요?"

알베르게 풍경

“아미고는 친구를 뜻하는 거야.”

들는 순간, 소름이 돋았다. 그렇다면, 그들은, 특히 무뚝뚝했던 헤이버그 할아버지는 나를 친구라고 불러줬던 것인데, 나는 그것도 모르고 “올라!” 라고만 말했다. 굳이 말하지 않아도 친구라고 하지만, 그래도 표현했으면 좋았을 텐데. 내가 정말 한심해서 말을 할 수가 없었다. 게다가 그때서야 ‘아미고’ 라는 노래 제목도 있었다는 것도 기억했으니 오죽하랴. 도대체 나는 왜 무조건 모르는 단어라고만 생각했던 것일까.

곧바로 알베르게를 나왔다. 혹시나 싶어서 마을의 다른 알베르게를 찾아가봤다. 그곳에 헤이버그 할아버지는 없었다. 주변에 있는 펜션에 가서 인상착의를 설명해봤지만, 소용이 없었다. 아무래도 할아버지는 가이드북에 나온 코스대로 움직인 것 같았다. 그렇다면 이전 마을에서 머무르고 있다는 것이다.

참 미안한데, 정말 안타까운데, 어쩔 수가 없는 일이다. 할아버지, 운이 좋다면 산티아고에서 다시 만날 수 있겠지요? 다시 보면 꼭 먼저 말할게요. 할아버지, 부엔 카미노! 사람들이 이상하게 보든 말든 내가 온 길을 향해 손을 흔들었다. 유난히 콧등이 시큰거리는 날이었다.

21

9월 29일: 이 길에서 나는 행복했다!

아르주아를 나서는 아침, 발에 힘을 줘본다. 이날 걸어야 하는 거리는, 코스 상으로는 35km다. 도착지는 몬테 델 고조. 산티아고 바로 5km 전에 있다. 그런데 실제로 걸어야 하는 거리는 40km가 넘는다. 왜냐하면 중간에 산티아고 공항을 들려야 하기 때문이다.

나는 소심하다. 그래서 안 그래도 된다는 소리를 들었음에도 공항에 가는 모험수를 두기로 했다. 직접 눈으로 확인해봐야 하기 때문이다. 그도 그럴 것이 예약한 날에 산티아고 공항에서 파리로 돌아가는 저가 항공기를 타야만, 그 다음날 무사히 파리에서 한국으로 오는 비행기를 탈 수 있다. 만약 그렇지 못한다면? 산티아고에서 파리로 가는 방법은 다양하지만 넉넉히 잡아도 하루 이상은 걸린다.

잘못하면 귀국 비행기를 놓친다.

아름다운 길을 걸으면서 사람들과 설레는 이야기를 나누면서도 내 눈은 공항 간판을 찾기에 바빴다. 그리고 마침내 몬테 델 고조 7km 전에 있다는 걸 알아냈다. 함께 걷던 사람들과 헤어진 뒤 나 혼자 이탈했는데 비가 쏟아진다. 시간은 어느덧 오후 3시. 외국에 와서 이렇게 많이 걸어본 것이 처음인지라 지칠 대로 지친 몸이지만 포기할 수 없었고 기어이 산티아고 공항에 도착했다. 인천공항에 비하면 정말 작은 곳이었다.

산티아고에 가기 전, 내 고민거리 중의 하나는 돌아오는 방법이었다. 다른 여행기들과 마찬가지로 산티아고를 말하는 여행기들은 돌아오는 법을 알려주지 않았다. 도대체 어떻게 돌아오란 말인가? 산티아고에서 마드리드로 간 다음에 그곳에서 파리까지 가는 비행기를 타야 하나? 아니면 산티아고에서 다시 생장피드포르로 돌아가서 TGV를 타고 파리로? 그것들 때문에 소심한 내 가슴은 두방망이질 치느라 정신이 없었다.

이런 나를 구원해준 것은 카미노 커뮤니티였다. 인터넷의 힘, 바로 그것이다. 이미 이곳을 다녀온 사람들이 산티아고에서 파리로 가는 '저가 항공기'라는 것이 있다고 알려줬다. 비용은 37유로 남짓. 놀랍게도 외국인들도 이걸 잘 모른다. 여행 고수 미츠에만 해도 산티아고에서 파리까지 가는 버스를 100유로 주고 이용할 계획이라고 했다. 걸리는 시간은 하루라고 하는데, 그런 만큼 내가 한국에서 예약한 사실과 금액을 알려주니 한국의 인터넷에 감탄하고 만다.

한국에서 예약한 것만 믿고 있던 나였지만 산티아고 공항에 도착하니 불안해진다. 내가 갖고 있는 것은 예약된 화면이 인쇄된 종이 한 장이 전부다. 만약 이것이 안 된다고 하면 어쩌지? 아찔한 마음에 일단 보이는 직원부터 붙잡았다. 그랬더니 부스 창고를 알려준다. 저가 항공기도 종류가 다양하다는 걸 처음으로 확인하며 사람들이 알려준 곳으로 갔다. 다짜고짜 종이를 내밀었다. 직원이 "농!"

이라고 외친다.

노? 몇 년 전 수술한 뒤에 무리하게 일어섰다가 세워둔 종이가 쓰러지듯 맥없이 철퍼덕 주저앉아버린 적이 있었다. 경험한 사람만 아는, 다리에 힘이 탁 하고 빠지는 그것인데 여기서도 그랬다. 창피하다는 생각을 할 겨를도 없이 그대로 주저앉아버린 것이다. 아니라니? 난 어떻게 하라고?

직원이 뭐라고 "쏼라쏼라" 하지만 내 귀에는 들리지 않는다. 막막할 뿐이다. 눈앞은 온통 어둠! 사막에 버려진 심정! 머릿속에는 오로지 어떻게 해야 하는가 하는 걱정밖에는 없었다. 그때 직원이 종이에 동그라미를 치더니 내 눈앞에 내민다. 어라? 직원이 말한 '노'는 예약한 날짜가 오늘이 아니라는 것이었다. 아! 외국말도 끝까지 들어봐야 하는 것이었다. 민망해서 스스로를 욕하며 멋쩍게 옷의 먼

내 짐. 산티아고 공항에서

지를 털어야 했다. 쥐구멍에라도 숨고 싶다는 기분이 이런 것이 아닐는지? 그래도 안도의 한숨을 쉬며 기분 좋게 웃으며 나왔다.

🏵 얼마나 많은 사람들이 행복했을까

공항을 나오니 4시가 가까워졌다. 배가 고파서 도로에서 약간 떨어진 곳에 자리를 잡고 샌드위치를 만들었다. 살라미도 넣고, 치즈도 넣고, 약간의 양배추들도 넣어준 뒤에 한입 물었는데 그 맛이 꽤 고소하다. 차를 타고 가는 사람들이 나를 뚫어지게 본다. 하기야 공항에서도 동양인을 보지 못했으니 그럴 법 하지만, 뭐 어떤가. 손 흔들어주면 그만인 것을.

알랑, 마이키, 스요시, 매튜. 이런 내 모습, 이제는 좀 어울리지? 여행자답지? 그들은 어디쯤 가고 있을까? 어디선가 걷고 있을 내 소중한 친구들이여! 부엔 카미노!

몬테 델 고조에 도착한 시간은 5시가 조금 넘었는데, 맙소사! 굉장히 크다. 몇 백 명도 수용 가능할 것 같다. 알베르게가 작은 마을이라고 해도 될 정도다.

시원시원한 대머리가 보기 좋은 호스피탈레로는 내가 한국인이라고 하니까 한국말로 "웰컴"이 뭐냐고 묻는다. 웃으며 말해줬더니 입을 오물 오물거린다. 그리곤 하는 말, "쏘리!". 하지만 그것이 뭐 중요할는지. 말보다 마음과 웃는 얼굴이 더 반가움을 표현해주는 것일 텐데. 대머리 아저씨, 제 말 맞지요?

짐을 정리한 뒤에 알베르게를 나왔다. 설마 했는데, 저 멀리서 산티아고가 보인다. 새삼스럽게 이곳까지 오던 길을 떠올려봤다. 여기까지 올 수 있었다니 스스로 생각해도 놀랍다. 산티아고에 들어가기 전날이라 그런지 다들 흥분한 기색이 역력하다. 그들 사이에서 나도 수다를 떨고 요리를 선보이기도 했다. 그래봤자 겨우 계란 삶는 수준이었지만.

베네수엘라 남자가 내가 한국인이라는 것을 알더니 자신은 한국 낭자와 함께 걸었었다고 한다. 자주 들었던 한국 낭자 두 명인가 했더니 한 명이란다. 그렇다면 다른 한국인이 또 있었다는 말인가? 이 청년, 한국 낭자가 친절했다는 말을 입에 달고 있다. 암, 그렇지. 한국인이 좀 친절하지. 내가 다 흐뭇해진다.

이름이 뭐냐고 물어봤는데 막상 듣고 나서 당황했다. 이름이 르에르끼? "르에르끼?" 라고 하니 고개를 끄덕인다. 이거 참, 발음하기가 쉽지 않겠다 싶어서 난감해하는데 이 청년이 다이어리를 보여준다. 한국 낭자가 작별의 인사로 쓴 한국어를 번역해달란다. 어려운 문장이 있으면 어쩌나 싶었는데 다행히 기초적인 문장들이다. 그래서 번역해주기로 하고 봤는데, 일단 이 청년의 이름이 '엔드리코'라는 걸 알았다. 뭐지? 내가 르에르끼라고 불러도 대답했잖아? 내 발음이 그렇게 이상한가? 민망함을 감추며 번역을 시작했다. 내가 한국어를 영어로 바꾸는 날이 오다니? 번역하면서도 신기하다.

내 입을 빤히 쳐다보는 엔드리코, 너무 좋아한다. 내가 단어 하나하나 꺼낼 때마다 행복한 웃음을 짓는다. 그래, 그 심정 알지. 나도 그런 걸. 지나간 추억들 하나하나가 다 보이지. 그 시간들이 다시 만져지는 것 같지. 그 시간들, 절대 잊을 수가 없지. 국경이라는 것도 언어라는 것도 다 부차적인 것이지. 그렇지 않니?

어디였더라. 길을 가다가 힘들어서 도로 옆에 앉은 적이 있었다. 그때 내 뒤에 오던 순례자들이 걸음을 멈추고 나를 내려 봤었다. "괜찮아?", "응. 아주 좋아.", "정말?", "진짜야." 라는 대화를 몇 번이나 나누었던가. 자주 봤던 사람도, 처음 보는 사람도 자꾸만 물어대기에 일어나야만 했다. 나 때문에 멈추는 그들에게 미안해서였다. "편히 쉴 수도 없잖아!" 라며 투덜거리면서 다시 걸었었다.

그때 생각했었다. 얼마나 많은 사람들이 나처럼 이렇게 고마워했을까. 이 오래된 길에서 얼마나 많은 이들이 그들에게 미안해서 쉬지 못하고 일어났을까. 얼마나 많은 사람들이 이국의 친구를 기억하고 그것으로 웃으며 지내고 있을까. 소중한 우정을 얻고 뿌듯한 마음으로 집에 돌아간 이들은 또 얼마나 많을까.

내가 만났던 사람들이 생각나서인가. 마지막 문장에서 목이 멨다. 엔드리코는 내가 단어를 몰라서 그러는 줄 알고 문맥을 고려해서인지 "위시? 럭키? 굿?" 등을 말한다. 가라앉은 목을 가다듬고 "엔드리코, 너랑 같이 걸어서 너무 좋았대. 앞으로도 네가 잘 걷기를 바란대. 너한테 고맙대." 라고 급히 말했다.

처음이 아닐까? 처음이다. 짧은 문장이라도 이렇게 외국어가 술술 나오다니. 좀 더 일찍 나와 주지. 그럼 좋았을 텐데….

22

9월 30일: 산티아고에서 최고의 상장을 받다!

이른 시간, 창문이 덜컹거리는 소리에 깼다. 바람이 꽤 심하게 분다. 시간을 보니 오전 5시. 좀 더 잘까 했지만 산티아고에 갈 생각을 하며 일어났다. 아침을 먹다가 유머와 만났다. 이날만큼은 헤어지면서 "부엔 카미노!"라는 말을 쓰지 않았다. "산티아고에서 다시 만나."라는 말이 더 어울린다.

몬테 델 고조를 빠져나오니 곧바로 도심가다. 사실상 산티아고 외곽이라 할 수 있다. 커다란 도로를 따라 걷다보니 화살표가 사라졌다. 이런, 여기서도 길을 잃다니! 이른 시간이라 사람도 없다. 게다가 도로가 넓은 지라 차를 세워서 물어보기도 어렵다. 두리번거리며 걸을 뿐이다. 그런 중에 다행히 경찰 아저씨가 내 행색을 보고 사

정을 눈치 챘다. "산티아고 콤포스텔라?" 라고 하기에 고개를 끄덕였다. "저쪽으로 2km를 가면 돼!" 라고 말한 경찰 아저씨. 그가 가리킨 손끝을 향해 걸었다. 그리하여 오전 8시 30분, 산티아고 성당에 도착했다.

최고의 상장을 받고 우리만의 세리모니를 만들며

이곳에서는 증명서라는 것을 준다. 성당 바로 옆에 사무실이 있는데 직원들이 순례자 여권을 확인한 뒤에 이름 등을 적는다. 이것은 특별하게 사용할 수 있는 것은 아니다. 실용적인 면으로야 산티아고에서 다른 도시로 이동할 때 교통편을 할인받을 수 있다고 하지

만 나 같이 고국으로 돌아갈 사람에게는 그런 것이 해당되는 것도
아니다.

하지만 상장으로서는 어느 것보다 값어치가 있지 않을까? 내가
포기하지 않고 이곳에 왔다는 것, 꿋꿋이 참고 왔다는 것만으로도
그 값을 매길 수 없는 것이 아닐까? 나는 소중하게 그것을 받았다.
구겨지지 않도록 통에 넣은 그것은 종이 한 장에 불과하지만, 내 마
음은 어느 때보다 뿌듯했다.

정오에 성당에서 순례자들을 위한 미사가 열린다고 한다. 종교는
다를지라도 참석하기로 했다. 그동안 만났던 순례자들을 다시 볼 수
있을 것이라는 생각 때문이다. 그때까지 남은 시간은 세 시간 정도.
산티아고 거리를 구경해볼까 했지만, 왠지 흥이 나지 않는다. 대신
에 산티아고 성당 건너편에 자리를 잡고 앉았다. 속속들이 이곳을

찾는 순례자들과 인사를 하고 대화를 나누다보니 시간은 금세 갔다.

성당에 들어간 시간은 오전 11시 20분. 성당에 들어가자마자 놀랐다. 엄청난 관광객들이 보였기 때문이다. 특히 일본에서 단체 관광이라도 왔는지 사방에서 일본어가 들린다. 그보다 더 신기한 것은 성당 내부에서 사진을 찍든 돌아다니며 떠들든 간에 그다지 신경 쓰지 않는다는 것이다. 미사가 시작되기 전에는 '엄숙' 이라는 단어가 이곳에 발을 붙일 수 없는 것처럼 보인다.

자리를 잡고 앉아 순례자 여권을 펴봤다. 각양각색의 도장들이 보인다. 손끝으로 그것들을 쓰다듬어보는데 신기하다. 평면이건만 입체적으로 만져진다. 이곳에서 드림팀을 만들고, 이곳에서 물집 때문에 미칠 것 같았었고, 이곳에서 작별하고, 이곳에서…. 너무 몰두했는지 순례자 여권에 물기가 생기는 것도 모르고 있었다. 창피하게도, 옆에 있던 아저씨가 어깨를 두드려줄 때까지도 그렇게 있었다. "괜찮아, 괜찮아." 라는 말에 급히 눈가를 훔쳤다. 이 나이 먹어서 이게 무슨 꼴인지. 부끄럽기만 하다.

종교도 다르지만, 무엇보다도 언어의 장벽 때문에 미사가 어떻게 진행 되는지도 모르겠다. 하기는 관심도 없었다. 그곳의 신들에게는 죄송스러운 일이지만, 미사가 진행되는 1시간 동안 걸어온 길을 떠올리느라 시간 가는 지도 몰랐다. 미사가 끝났다는 것도 나중에야 알았을 정도. 끝나고 나니 사람들이 흩어진다. 의외로 담담하다. 일말의 아쉬움에 산티아고 성당을 구경했다. 이리 저리 돌아보는데 어디선가 낯선 악기 소리가 들린다. 바로 언제나 똑같은 노래만 연주하던 장 마리의 리코더 소리!

잘못 들은 줄 알았다. 그런데 정말 있었다. 장 마리가 연주를 하고 있었고, 크리스토퍼와 마이크, 안토니오와 밴, 스페인 삼총사, 찰스, 당테, 프랑스 할머니들과 이름은 몰라도 이미 친구가 됐던 순례자들이 가방을 들고 지팡이를 옆에 낀 채 그곳에 있었다. 우리는 언제나 저 노래만 연주해서 지겹다고 말했었다. "스탑, 플리즈!"를 외치기도 여러 번. 하지만 이때만큼은 아니었다. 연주가 사랑스러웠다. 어느 때보다 큰 박수를!

마지막이라 그런가? 장 마리가 감정이 복받쳐 올랐는지 노래를 부른다. 처음 있는 일인데 어색하지가 않다. 가사를 아는 사람들은 따라 부르고 나처럼 음만 아는 사람들은 노래를 따라서 흥얼흥얼거린다. 둥글게 모여서 음을 만들어내는 우리가 관광객들은 신기한가

산티아고 성당

보다. 여기저기서 플래시가 터진다. 노래를 부르고 난 뒤, 우리는 껴안았다. 그것이 세리모니였다. 우리만의 소중한 세리모니다.

🏵 산티아고 가는 길이 내게 준 것은

성당을 나오는데 관광객들이 내게 손을 내민다. 뭔가 해서 보니 엄지손가락을 세우고 있다. 설마 나에게? 악수를 하자고 다가온다. 민망하게, 얼떨결에 악수 세례를 받았다. 이런, 너무 쑥스러운데.

마침내 성당을 나왔다. 다시 돌아보니 내가 오던 길이 보인다. 이곳에 오기 전에 소심했었다. 갈까 말까 고민도 많이 했었다. 그 때문에 뒤척거리는 밤도 여러 번 보냈다. 길 가다가 테러 당하면 어쩌나 걱정도 됐고 길 잃어서 인생 꼬이는 건 아닌가 싶기도 했다. 언어 하나 못하는데도 스페인 간다고 할 때, 친구들이 다시 한 번 생각해보라고 했다. 아니면 나중에 영어라도 제대로 공부해서 가라고 했었다. 하지만, 무모하게 비행기를 타버렸다. 그리고 결국 이곳까지 무사히 왔다.

이 길에서 스요시와 드림팀을 만난 건 행운이었다. 헤이버그 할아버지와 미츠에를 만난 것도 행운이었고, 그들에게 배려를 배운 것도 행운이었다. 그들과 물 한 모금 나눠 마신 것도 행운이고 음식 하나 나눠먹은 것도 행운이었다. 외국인들 사이에서 잠을 잔 것도 행운이고 스페인의 파티에 참가한 것도 행운이었다.

이곳에서 장 마리의 연주를 들은 것도 행운이고 눈물을 흘린 것도 행운이었다. 그것이 행운이라는 것을 아는 내가 자랑스럽다. 또한 이 행운을 놓치지 않은 내가 사랑스럽다. 어느 때보다 내가 자랑스럽고 내가 사랑스럽기만 하다.

앞으로도 그럴 수 있겠지? 스스로를 자랑스러워하는 내가 되겠지? 산티아고 성당을 향해 손을 흔들어본다. 내 가방 끈 고쳐주던 프랑스 할머니들이 나를 향해 손을 흔든다. 부엔 카미노! 산티아고 가는 길, 무모한 여행은 끝났지만 인생이라는 길은 계속된다. 이제부터 이 길에서 배운 것을 내가 가는 길에서 꼭 실천하리라. 부엔 카미노! 내가 미처 걷지 못한 길을 다시 걷기 위하여 올 때, 이 다짐이 무색하지 않도록 앞으로도 열심히 걸어야겠다.

산티아고, 고마워, 다시 올 때까지 무사히 있어라! 힘차게 손을

흔들었다. 나를 위하여, 이곳에 있는 사람들을 위하여, 그리고 이미
걸었던 사람들과 앞으로 걸을 사람들을 위하여. 부엔 카미노! 웃으
며 돌아섰다. 산티아고 가는 길은 끝났지만 아직 가야할 길은 많으
니까 다시 힘을 내야 한다. 신발을 고쳐 신고 다시 걷는다. 무모한
여행은 계속되는 것이다.

end